दत्तात्रेय के दुःख

D1880470

उदय प्रकाश

की

कहानियाँ

वाणी प्रकाशन

वाणी प्रकाशन
4695, 21-ए, दरियागंज, नयी दिल्ली 110 002
फ़ोन : +91 11 23273167 फ़ैक्स : +91 11 23275710
शाखाएँ
अशोक राजपथ, पटना 800 004, बिहार
कॉफ़ी हाउस कैम्पस, महात्मा गांधी मार्ग, इलाहाबाद 211 001, उत्तर प्रदेश
महात्मा गांधी अन्तरराष्ट्रीय हिन्दी विश्वविद्यालय, वर्धा 442 001, महाराष्ट्र
सुल्तानिया रोड, मोतिया पार्क, भोपाल 462 001, मध्य प्रदेश
www.vaniprakashan.com
marketing@vaniprakashan.in
sales@vaniprakashan.in

DATTATREYA KE DUKH
by Uday Prakash

ISBN : 978-93-5000-370-1
Collection of Stories

पेपरबैक संस्करण 2002, 2006, 2014
पेपरबैक चौथा संस्करण 2020

सिटी प्रेस, दिल्ली-110 095 में मुद्रित

वाणी प्रकाशन का लोगो मक़बूल फ़िदा हुसेन की कूची से

दत्तात्रेय
के
दुःख

डॉ. हरिमोहन शर्मा
की सदा प्रसन्न आँखों और
निरंजन की
सुदूर वत्सल-विह्वल आवाज़ को

और संघर्षशील युवा पत्रकार
अनिल चमड़िया को

“...भैया, शायद सभी आदिम लोग थोड़ा-बहुत
मानव-मांस ज़रूर खाते थे। बाद में
जब उनके विचार बदले तो
उनमें से कुछ ने मानव-मांस खाना बन्द कर दिया और
सभ्य मनुष्य बनने की कोशिश की।
सभ्यता का प्रारम्भ ऐसे ही हुआ होगा।
लेकिन कुछ लोग मानव-मांस अभी भी
खाए चले जा रहे हैं। मगरमच्छों की तरह।
कुछ जीव विकास करके मछली बन गये,
पक्षी बन गये, बन्दर बन गये और अन्ततः
मनुष्य बन गये लेकिन जिन्होंने अच्छाई को
विकसित करने का प्रयत्न नहीं किया,
वे रेंगनेवाले हिंसक जन्तु ही बने रहे।
नर-मांस खाने वाले लोग न खाने वालों की तुलना में
कितना असभ्य महसूस करते होंगे।
उनसे भी अधिक लज्जा, जितनी रेंगने वाले जीव
बन्दरों के सामने महसूस करते हैं।”...

–लू शुन
(‘एक पागल की डायरी’)

अनुक्रम

दत्तात्रेय के दुःख

ब्रह्मांडों की संख्या अनन्त है।

हर ब्रह्मांड में 10^{11} (अर्थात् 10 के बाद ग्यारह शून्य–10,00000000000) आकाश-गंगाएँ हैं।

हर आकाश-गंगा में 10^{11} ग्रह और नक्षत्र हैं।

हर ग्रह में 10^{11} विनायक दत्तात्रेय हैं।

और हर विनायक दत्तात्रेय के 10^{11} दुःख हैं।

इतिहास और समाजशास्त्र

वे मूर्द्धन्य थे। वयोवृद्ध थे। सम्पन्न और सुखी थे। वे एक रंगीन पत्रिका के सम्पादक थे।

उनके भीतर यह उत्कंठा और आकांक्षा अत्यन्त बलवती थी कि लोग उन्हें 'हिन्दी का आधुनिक प्रेमचन्द' मानें।

उनकी षष्ठिपूर्ति के अवसर पर दिल्ली के त्रिवेणी सभागार में भव्य समारोह हुआ। उनका वरदहस्त पानेवाले और उनकी पत्रिका में छपने-छपाने वाले लेखकों-लेखिकाओं ने उन्हें 'मुंशी प्रेमचन्द का नया संस्करण' घोषित किया।

अन्त में विनायक दत्तात्रेय को बोलना था।

विनायक दत्तात्रेय ने कहा : "मुंशी प्रेमचन्द एक युग की उपज थे। साहित्य में उनका ऐतिहासिक महत्त्व है। मुंशी प्रेमचन्द के महत्त्व का मूल्यांकन और विश्लेषण इतिहास के सन्दर्भों में ही किया जा सकता है।"

इसके बाद विनायक दत्तात्रेय ज़रा-सा रुके और मुस्कराकर उन्होंने कहा : "जबकि आपके मूल्यांकन और विश्लेषण के लिए हमें इतिहास नहीं, समाजशास्त्र को अच्छी तरह से समझने की ज़रूरत है।"

असत्य का भौतिक प्रमाण

यह तब की बात है जब विनायक दत्तात्रेय सरकारी कला और संस्कृति विभाग में नौकर थे, हालाँकि उन्हें वेतन, ताकत और सुविधाओं के कारण अफसर कहा जाता था। चूँकि वे यह मानते थे कि कलाएँ और संस्कृति अन्ततः गहरी संवेदनात्मक मानवीय सक्रियताएँ हैं, इसलिए यह उन्हें कतई सांस्कृतिक या कलात्मक न लगता कि वे अपनी मेज़ पर लगे प्लास्टिक के एक छोटे-से बटन को दबाएँ और उससे पैदा होने वाली अजीब-सी आवाज़ से कोई जीता-जागता, एक अलग व्यक्तित्व, जीवनगाथा, विचार, स्वभाव और संवेदना का मनुष्य दौड़ता हुआ उनके पास आये और वे उससे पानी, चाय, सिगरेट, काग़ज़ या कोई दूसरी ऐसी निहायत मामूली, तुच्छ, कृत्रिम और बेजान-सी चीज़ मँगाएँ।

यह उन्हें ठीक न लगता कि जहाँ आदमी होने के बावजूद वे एक प्लास्टिक के नगण्य और निर्जीव बटन को दबाते हैं, वहीं एक दूसरा उनके जैसा ही जीवित मनुष्य, मनुष्य होने के बावजूद, उसकी यान्त्रिक आवाज़ सुनकर अपना समूचा शरीर लिए हुए दौड़ता-हाँफता उनकी मेज तक चला आता है। यह तकनीक द्वारा प्रकृति और मनुष्य को गुलाम बनाने का एक अत्यन्त मार्मिक और दहला डालने वाला उदाहरण था। विडम्बना यह थी कि स्वयं मनुष्य ही इस षड्यन्त्र में शामिल था।

चुनाव इत्यादि होते रहने के बाद भी यह ठीक मानवीय लोकतन्त्र नहीं है, और यह आधुनिकता तो बिल्कुल नहीं है। बल्कि यह तो

दरअसल मानव समाज में निरन्तर पायी जाने वाली ऐसी असभ्य असमानता है, जहाँ कमज़ोर और गरीब मनुष्य ताकतवर और अमीर मनुष्य के सामने गुलामी की इस पराकाष्ठा तक पहुँचा दिया गया है कि वह राजाओं की सेना और पुलिस या महाजन के लठैतों और गुमाश्तों के डर के कारण नहीं, बल्कि एक छोटे से प्लास्टिक बटन पर होने वाली एक उँगली की मामूली-सी हरकत पर दौड़ता-भागता चला आता है। और हद तो ये है कि ये काम वे लोग करते हैं जो अपने आपको कवि या संस्कृतिकर्मी या कलाकार आदि कहते हैं। ऐसा वे सोचते।

प्रविधि दरअसल आदमी को ज्यादा-से-ज्यादा गुलाम बनाने की ही युक्ति है, और इस युक्ति को उन बहुत थोड़े-से लोगों ने विकसित किया है, जो ज्यादा आदमियों को कुछ थोड़े-से आदमियों के बराबर नहीं देखना चाहते। ऐसा विनायक ने अपनी डायरी में लिख रखा था।

इसीलिए जब उन्हें प्यास लगती, तो वे खुद जाते और कूलर या जग से पानी गिलास में उँड़ेलकर पी लेते। सिगरेट पीना होता तो सड़क के पार सिगरेट की दूकान तक चले जाते और वहीं माचिस जलाकर उसे सुलगाते और सुट्टे लगाने लगते। कई बार उन्हें बीड़ी पीने की इच्छा होती और वे बीड़ी पीने लगते। चाट या चाय की तलब होती तो ऑफिस के पास के एक ढाबे की गन्दी-सी बेंच पर, जहाँ हर वह आदमी बैठता था, जो वहाँ चाय पीने आता, वह भी बैठ कर इत्मीनान से चाय पीते या चाट खाते। अगर इस दौरान उधर से उनका कोई परिचित गुज़र रहा होता तो उसे वे ज़ोरों से आवाज़ लगाकर पूछते कि भाई साहब आप चाय पिएँगे? या चाट खाएँगे? उन्होंने देखा था कि उनके इस तरह बुलाने पर चपरासी या सफाई कर्मचारी या बाबू टाइप लोग तो उनके पास चले आते, लेकिन उनके पद के बराबर या उससे ऊपर के ओहदे के लोग कतराकर, या कोई बहाना बनाकर आगे निकल जाते। इसी तरह की कई और चीजें भी वे करते। ये वे काम थे, जिनके बारे में मान्यता थी कि इन्हें किसी अफसर को नहीं करने चाहिए। हालाँकि ऐसा उनकी सर्विस

बुक में या राज्य सरकार के किसी औपचारिक ऑफिशियल प्रपत्र में कहीं नहीं लिखा था, लेकिन ऐसा ही अलिखित नियम प्रचलन में था।

मैं एक दिन यह पता लगाकर रहूँगा कि यह नियम किसने बनाया—अँग्रेजों ने, मुगलों ने, ब्राह्मणों ने, सामन्तवाद ने, लोकतन्त्र ने, समाजवाद, नौकरशाही या ईश्वर अथवा शैतान ने? उन्होंने यह भी अपनी डायरी में लिख रखा था। हालाँकि विनायक दत्तात्रेय बहुत योग्य, कर्मठ और ईमानदार अफसर थे, लेकिन वे सरकार में लगातार विवादग्रस्त और संदिग्ध होते चले गये। उनके बारे में विभाग के कई तरह के मज़ाकिया किस्से और लतीफे चलते।

इन्हीं दिनों एक अख़बार में संस्कृति विभाग में व्याप्त भ्रष्टाचार, अनियमितता और भाई-भतीजावाद के बारे में हर रोज नियमित लेख आने लगे। उन लेखों को कोई व्यक्ति 'अन्तर्यामी खैरनार' के छद्म नाम से लिखता था। वे लेख बहुत तथ्यपरक, सनसनीखेज, विचारोत्तेजक, प्रामाणिक और साहसिक होते।

विभाग में अफरा-तफरी मच गयी। बॉस ने मीटिंग में कहा, यह काम कोई ऐसा आदमी कर रहा है, जिसे विभाग के बारे में बहुत सारी जानकारियाँ हैं और उसकी भाषा में साहित्य की नैतिक परम्पराओं तथा उत्कृष्ट शिल्प का प्रभाव है। परन्तु जैसा राजनीतिक और प्रशासनिक जनतन्त्र हमने इन पचपन सालों में विकसित किया है, उसमें ऐसे आदमी से खतरनाक कोई हो नहीं सकता, जो जनता को सरकार के बारे में ऐसी अपारम्परिक भाषा और शिल्प में सूचित करे। अख़बारों में छपने वाली सूचनाओं की भाषा तो अब सिर्फ़ अख़बारों के लिए ग्राहक जुटाने या मालिक के लिए विज्ञापन और सम्पर्क भिड़ाने के काम आती है, जबकि इन लेखों की भाषिक संरचना और उनके विन्यास को ध्यान से देखें तो उनका उद्देश्य एक साथ मानवीय, सामाजिक और आध्यात्मिक लगता है। सरकार की विश्वसनीयता और हमारे विभाग से जुड़े बौद्धिकों की गरिमा और प्रतिष्ठा को बचाए रखने के लिए इस आदमी का तत्काल पता लगाया जाना चाहिए।

बॉस ने कहा कि यह आदमी हमारे जनतन्त्र, प्रशासन और हमारे सांस्थानिक ढाँचों के लिए उतना ही खतरनाक है, जितना अमेरिका के लिए पहले रूस, फिर वियतनाम, फिर इराक और आगे चलकर ओसामा बिन लादेन हुआ।

अगले दिन एक स्थानीय अख़बार में, जिसमें सरकारी विज्ञापन सबसे ज़्यादा छपते थे, एक छोटी-सी खबर छपी। इस खबर के मुताबिक–'शहर के कुछ लेखक किस्म के बुद्धिजीवियों की राय में उस सरकारी विभाग और उसके अधिकारियों के भ्रष्ट और अनैतिक आचरणों के बारे में ये लेख कोई और नहीं, उसी विभाग के क्लास वन अफसर श्री विनायक दत्तात्रेय लिखते हैं।'

कुछ दिनों बाद कुछ गम्भीर तथा उत्कृष्ट कही जाने वाली साहित्यिक पत्रिकाओं में भी, जो सरकारी विज्ञापनों और ऊँचे अफसरों के सृजन और अनुदानों के कारण प्रकाशित होती थीं, ऐसे लेख छपे, जिनमें श्री अन्तर्यामी खैरनार के उन लेखों तथा विनायक दत्तात्रेय की रचनाओं के तुलनात्मक अध्ययन और उत्तर-आधुनिक पाठालोचन तथा विखंडन पद्धति द्वारा यह सिद्ध किया गया था कि भाषिक संरचना, शिल्प, शब्द-प्रीति, विन्यास तथा अवधारणात्मक समरूपता के आधार पर यह प्रकट होता है कि इनको लिखने वाला कोई एक ही लेखक है। और चूँकि श्री अन्तर्यामी खैरनार नामक किसी लेखक का कोई भौतिक साक्ष्य कहीं उपलब्ध नहीं है, अतः निस्सन्देह संस्कृति विभाग, उसके अधिकारियों और उनके चीफ के कदाचार, अवैध कामकाज और भ्रष्ट आचरण से सम्बन्धित ये लेख श्री विनायक दत्तात्रेय ने ही लिखे हैं।

विनायक दत्तात्रेय चुप रहे। वे बचपन से मानते आये थे कि झूठ के पैर नहीं होते और सत्य की ही हमेशा विजय होती है। इसलिए वे हमेशा की तरह नौ बजे दफ़्तर जाते, अपना काम करते और घर लौटकर लिखते, पढ़ते, गाते-बजाते या चित्र बनाते।

एक दिन उन्हें संस्कृति विभाग के बॉस ने अपने कमरे में बुलाया।

बॉस ने गहरी आँखों से उन्हें देखा और मुस्कुराया। दत्तात्रेय

भी मुस्कुराए। बॉस जवाब में और ज्यादा मुस्कुराया। इस जवाब के उत्तर में विनायक भी और ज्यादा मुस्कुराए। ऐसा दो-तीन बार हुआ। लगता है कि विनायक दत्तात्रेय की मुस्कुराहट उस नियन्त्रण रेखा तक पहुँच गयी थी, जिसके आगे मुस्कुराहट इसलिए सम्भव नहीं थी, क्योंकि अब बिना दाँत निकाले इसका जवाब दिया नहीं जा सकता था। इसलिए अब बॉस को अपने दाँत निकालने पड़े। वह हँसा। इसके उत्तर में विनायक दत्तात्रेय को अधिक हँसना पड़ा, जिसमें उन्हें और ज़्यादा दाँत निकालने पड़े। इसके जवाब में बॉस को थोड़ा और हँसना पड़ा, जिसमें और अधिक दाँत निकालने की ज़रूरत पड़ी। इस तरह वह नियन्त्रण रेखा या लाइन ऑफ कंट्रोल आ पहुँची, जिसमें अब दाँत की जगह आवाज़ की भूमिका शुरू होती थी।

'हह...हह...हह...।' बॉस हँसा।

'हह...हह...हह...हहा...हहा...।' इसके जवाब में विनायक हँसे।

'हह...हह...हहा...हाहा...हाहा।' बॉस और ज़्यादा हँसा।

'हाहा...हाहा...हाहा...हाहाहा...हाहाहाहा।' विनायक दत्तात्रेय को और ज़्यादा हँसना पड़ा।

'हाहाहा...हाहा...हाहाहाहा...हह...हाहा...हाहाहाहाहाहा।' यह बॉस का ठहाका था।

'हाहाहाहाहा...हूहूहूहू...हूहाहा...हूहूहा...हाहूहाहू...हाहूहूहूहूहू।' और ज़्यादा हँसने की कोशिश में इस बार दत्तात्रेय को खाँसी आ गयी। उनकी साँस गले में कहीं फँस गयी थी और वहाँ से सिर्फ़ 'ऊआ...आऊ...' की आवाज निकल रही थी। बॉस ने विजेता की दृष्टि से उन्हें देखा। दत्तात्रेय वास्तव में पराजित हो चुके थे। वह वस्तुतः जीत गया था।

विनायक दत्तात्रेय ने बड़ी मुश्किल से अपनी खोई हुई साँस वापस खोजी और हारे हुए व्यक्ति की आँखों से बॉस को देखा।

बॉस का चेहरा सख़्त हो चुका था। पत्थर जैसा सपाट और खुरदुरा। उसे देखकर कोई सोच भी नहीं सकता था कि अभी कुछ पल पहले ही यह आदमी दाँत निकाल रहा था और इस कदर हँस रहा था।

'आपको ऐसा काम नहीं करना चाहिए। मुझे शक तो था लेकिन यकीन नहीं था।' यह बॉस की काफी मोटी और परा-मानवीय आवाज़ थी।

'कौन-सा काम?' विनायक दत्तात्रेय ने बहुत कोशिश करके वैसी ही परा-मानवीय आवाज़ अपने गले से निकालनी चाही, लेकिन चूँकि अभी-अभी वे खाँस चुके थे और उनको अपनी साँस बड़ी मुश्किल से वापस मिली थी, इसलिए एक खरखराती हुई, बारीक और गरीब-सी आवाज़ उनके गले से निकल पायी। उन्होंने एक प्रयत्न और किया—'आपको क्या शक और यकीन था?' यह कुछ ठीक आवाज़ थी। लेकिन वैसी नहीं, जिसके लिए उन्होंने प्रयत्न किया था। वे बहुत सन्तुष्ट नहीं हुए।

बॉस दाहिनी ओर झुका और उसने मेज की दराज को खींच कर उसमें से एक कागज़ का टुकड़ा निकाल कर मेज़ पर रख दिया। यह मनीऑर्डर की पावती थी। उस पर लिखा था :

श्री अन्तर्यामी खैरनार
द्वारा श्री विनायक दत्तात्रेय
अधिकारी संस्कृति विभाग

इसके बाद उस दफ़्तर और शहर का नाम था, जहाँ दत्तात्रेय काम करते थे। यह मनीऑर्डर उसी पत्रिका के कार्यालय से भेजा गया था, जिसमें वे विवादास्पद लेख छपते थे और इसे दत्तात्रेय के निजी सचिव ने रिसीव किया था। सिद्ध था कि दत्तात्रेय और अन्तर्यामी खैरनार दोनों एक ही व्यक्ति थे।

'यह झूठ है। मुझे नहीं मालूम अन्तर्यामी खैरनार कौन है। मैं ऐसे किसी आदमी को नहीं जानता।' विनायक दत्तात्रेय ने कहा।

बॉस थोड़ी देर तक उस कागज़ के टुकड़े की ओर देखता रहा, फिर उसने कहा, 'अब आप जाइए। आपके साथ हँसते-हँसते मेरा गला दर्द करने लगा।' उसने उस कागज़ को वापस दराज़ में रख लिया।

दूसरे दिन विनायक दत्तात्रेय ने सरकारी नौकरी से इस्तीफा दे दिया। उन्होंने अपनी डायरी के एक पन्ने पर लिखा है :

सच यह है कि मैं यह नहीं जानता कि अन्तर्यामी कौन है और सत्य यह भी है कि उस नाम से मैंने कभी कोई लेख नहीं लिखा। लेकिन इस सच को प्रमाणित करने के लिए मेरे पास कोई प्रमाण नहीं है। जब कि यह झूठ है कि मैं ही अन्तर्यामी खैरनार हूँ, लेकिन इस झूठ का भौतिक प्रमाण मौजूद है और वह सरकार के संस्कृति विभाग के उस भ्रष्ट अधिकारी की मेज़ की दराज़ में फिलहाल बन्द है।

इसके बाद दत्तात्रेय की डायरी की कई पंक्तियों में काफी काटा-पीटी है। वाक्यों को काटते हुए उनके ऊपर कलम को इतना घिसा गया है कि यह समझ में नहीं आता है कि वहाँ आख़िर लिखा क्या गया था। लगता है कि उस समय दत्तात्रेय काफी मानसिक उलझन और तनाव में थे। पन्ने के अन्त में कुछ वाक्य ऐसे हैं, जो पढ़े जा सकते हैं।

हम मानव सभ्यता की जिस अवस्था तक आ पहुँचे हैं, उसमें अब सत्य सत्यापित नहीं हो सकता। सत्यापित सिर्फ़ असत्य होता है। मेरा निष्कर्ष है कि चूँकि ईश्वर को सत्यापित नहीं किया जा सकता, क्योंकि उसका कोई भौतिक प्रमाण कहीं मौजूद नहीं है, इसीलिए मेरे अपने जीवन अनुभव से यह सिद्ध होता है कि ईश्वर इसलिए सत्य है।

और जिन-जिन चीज़ों का भौतिक प्रमाण मौजूद है, वे अधिकतर झूठ हैं भले ही उन्हें लोग सच मानें। वे बेचारे तो यह भी नहीं जानते कि वे सिर्फ़ झूठ के पुतले हैं। वे अपने आपको मनुष्य इसलिए कहते हैं क्योंकि उसका भौतिक प्रमाण उनके शरीर के रूप में सबके सामने है। सत्य यह है कि वे वास्तव में ऐसे झूठ हैं जो सिर्फ़ अपनी देह से सत्यापित हुआ करते हैं।

विनायक दत्तात्रेय के वैराग्य और विपन्नता के कारण को सम्भवतः उनकी डायरी के इन वाक्यों के द्वारा समझा जा सकता है।

विनायक दत्तात्रेय की डायरी के इस पन्ने पर बीसवीं और इक्कीसवीं, दोनों शताब्दियों की तारीखें पड़ी हैं।

हत्या

यह कहानी मेरे बचपन, हमारे गाँव में मोहम्मद रफी की किंवदन्ती और एक बन्दर की हत्या के बारे में है। यह सब कुछ उस समय घटित हुआ था, जब टीवी नहीं था। तब हम घटनाओं को यथार्थ में देखने के आदी थे। इसके अलावा दूसरा कोई रास्ता भी नहीं था।

उन दिनों घण्टों इन्तज़ार करना पड़ता, तब कहीं जाकर कोई घटना घटती। कभी-कभी घण्टों तो क्या, कई-कई दिन गुज़र जाते और हमारे पास किसी को बताने के लिए कुछ न होता। दिन भर हम भटकते, घटनाओं की खोज में हम गाँव के बाहर निकल जाते। जंगल से हमें बहुत उम्मीद होती। जंगल हमें कम ही निराश करता। वहाँ से हम लौटते तो हमारे पास कई सारी अनोखी चीजें होतीं। जिन पेड़ों और पौधों को लोग अब तक विलुप्त मान चुके होते, हम जंगल से लौटकर हँसते हुए उनके फल या कोई और सबूत अपनी हथेलियों में दिखाकर सबको अचम्भे में डाल देते।

वे अविश्वास, सदमे और प्रसन्नता की वजह से अपनी चौंकी हुई आँखों से हमारी हथेलियों को देखते, फिर उनका चेहरा धुँधला होने लगता और वे किसी खोए हुए समय की सीढ़ियाँ उतर जाते। उनकी आवाज़ भर्रा जाती। हम अपने इस जादू का कमाल देखते और खूब खुश होते। मसलन, लोग कहते : "धवा के पेड़ अब कहीं नहीं बचे। खाँसी हो तो बस बाज़ार जाओ और पैसे की दवाई खाओ।"

हम जंगल से लौटकर धवा के पेड़ की छाल उनकी हथेली पर रखकर उन्हें आश्चर्य और खुशी से भर देते।

"पहले भिलाई डोंगरी में जाओ तो जी भरकर पड़ोरा (वन करेला/कुकुर करेला) तोड़ लाओ। अब तो सालों गुज़र गये पड़ोरा का झुरहा खाए, बस किस्सा बचा है," वे कहते।

हम अपनी ओली से ढेरों ताजे पड़ोरा निकालकर उनके सामने फैला देते। दादी के साथ ऐसा होता तो हम देखते कि उनके चेहरे की झुर्रियाँ धीरे-धीरे काँपना शुरू करतीं। वे एकटक उन कोमल हरे पड़ोरों को निहारतीं। पड़ोरों में हरे-हरे रोएँ होते थे। नन्हे-नन्हे, हरे रोएँ, जिनमें सावन के महीने में पहाड़ी जंगलों में उगनेवाली वनस्पतियों की अजब-सी खुशबू होती। हमारे लिए पड़ोरे बस सूँघने भर की चीज होते। दादी उस ढेर में से कोई एक पड़ोरा सँभालकर उठातीं। जैसे उसे वे पहले से जानती हों और इतने वर्षों से वे उसी की प्रतीक्षा करती रही हों। उनकी उँगलियाँ उस पड़ोरे के हरे कोमल रोयों को सहलातीं। फिर हम देखते कि उनकी मिचमिची आँखों की कोर से कोई गाढ़ा-सा, गँदला सफेद द्रव बहने लगा है। हम दादी के इस तरह खुश होने को पसन्द नहीं करते थे। मितली-सी आती। दादी पल्लू के छोर से उस द्रव को पोंछ लेतीं और हम राहत महसूस करते। वे कहतीं, "तुम्हारी पड़नानी, जो मेरी माँ होती थी, वो हम जब तुम्हारे बराबर थे, तब यही पड़ोरा हर इतवार हमें बनाकर खिलाया करती थीं। तब इन्हें सेमलिया जंगल से लाता था।"

इसके बाद दादी अपनी माँ, जो हमारी भी पड़नानी होती थीं और सेमलिया के, जो उनके ज़माने का कोई गड़रिया हुआ करता था, बारे में ऐसी बातें हमें बताने लगतीं, जिनमें हमारी कोई रुचि नहीं होती थी। उससे बचने के लिए हम एक-दूसरे से झगड़ने लगते या फिर इतना शोर मचाते कि दादी हमें वहाँ से भगा देतीं और हम बच जाते। हमारे गाँव और परिवार में जो लोग बूढ़े हो चुके थे, हम बच्चे, अब तक लगभग बदल चुकी दुनिया में, उनके अतीत में खो चुकी लेकिन स्मृतियों में अभीतक मौजूद उन असंख्य अनोखी चीजों को उनके लिए फिर एकबार खोजकर, उपस्थित कर उन्हें चकित कर देने का खेल खेलतेथे।

एक दूर के फूफा थे। उनका सिर गंजा था और खोपड़ी की चमकती हुई त्वचा पर बड़ी मजेदार झाइयाँ और झुर्रियाँ पड़ी हुई थीं। वे अकसर गर्मियों में ही हमारे यहाँ आते। माँ कहतीं, वे बहुत कंजूस आदमी हैं और पैसे को दाँत से पकड़ा करते हैं। शहर में, जहाँ वे रहते थे, माँ बतातीं कि वहाँ खाना खाने को जी नहीं करता क्योंकि वहाँ दाल-सब्जी तक तोला-रत्ती में तौलकर बनती थी। दादी कहतीं कि वे पैसा बचाने के लिए गाँव, हमारे यहाँ आते थे। उनके घर एक बार पिताजी की बीमारी में शहर जाना पड़ा था, तो दूसरे दिन से ही उन्होंने पूछना शुरू कर दिया था कि आप लोग कब लौटेंगे।

मैं लगातार इस जासूसी में लगा रहता कि फूफा को दाँत से पैसा पकड़ते कभी देखूँ।

और एक दोपहर मैं इसमें कामयाब हो गया। वे घर के पिछवाड़े, जिस कोठार में गेहूँ का भूसा रखा जाता था, वहाँ रमन्ना मेहतर की औरत के साथ पाँच रुपये के एक नोट को दाँतों से पकड़ रहे थे। नोट का एक सिरा रमन्ना की औरत अपने दाँतों से पकड़ रही थी और दूसरा सिरा फूफा जी अपने दाँतों में दबाए हुए थे। दोनों हार-जीत का खेल खेल रहे थे और लिपटा-लपटी करते हुए खूब खिलखिला रहे थे। फूफा का पेट बहुत बड़ा था और उनके शरीर में इतने रोएँ थे कि वे भालू लग रहे थे। जबकि रमन्ना की औरत आजकल की माधुरी दीक्षित और उन दिनों की मधुबाला जैसी गजब की सुन्दर थी।

जब उस लम्बी तोंद वाले कंजूस भालू ने मधुबाला को गेहूँ के भूसे पर दबोचा तो मैं वहाँ से भाग निकला। "कौन है? कौन है?" उस भूसे के कोठार से भालू गुर्रा रहा था।

मैंने इस घटना का जिक्र किरपाल और इमरती से किया। इमरती ने यह बात रमन्ना को बता दी। रमन्ना ने अपनी औरत को मार-मार कर वह पाँच का नोट निकलवा लिया और उसकी दारू पी आया। रमन्ना की औरत रमन्ना को उस रोज खूब गालियाँ दे रही थी, "दहिजार, औरत की कमाई खाता है।"

लेकिन यह सच है कि उतना छोटा होने के बावजूद उस दिन से मेरे लिए रमन्ना की औरत का अर्थ बदल गया था। मैं उसे भूसे के कोठार में ले जाकर, खुद भालू बनना चाहता था। दिक्कतें दो ही थीं—एक तो मेरे पास पाँच का नोट नहीं था। दूसरे, मेरे शरीर पर भालू जैसे रोएँ नहीं थे। मैं बहुत दुःखी रहता। फिर मैं रमन्ना की औरत से चिढ़ने लगा। एक दिन मैंने उससे कहा, ''साली, भालू के साथ भुसहर में जाती है। हमारे साथ नहीं चलेगी क्या?'' वह हँसने लगी, ''चलिए नन्हे राजा चलिए, आपको हम खेलाते हैं।'' और उसने मुझे पकड़ना शुरू कर दिया। मैं बड़ी मुश्किल से छूटकर भागा। उस दिन के बाद से मैं उससे डरने और शरमाने लगा।

ताज्जुब था कि हम फूफा को भी अपने जादू से चौंकाने और खुश करने के फेर में रहते। फूफा कहते दस साल पहले तक यहाँ गुड़रू और लावा (बटेर की प्रजातियाँ) बहुत मिलते थे। उनके शोरबे का स्वाद ही निराला था, मैं बाईस रोटियाँ खा जाता था।

हमने उसी रात उनके सामने दर्जन भर ज़िन्दा लावा लाकर रख दिये।

''ये कहाँ से आये? ये तो अब दुनिया में नहीं होते। सुना है, जापान अब इन्हें पैदा कर रहा है। अब शहर में मिला करेंगे जापानी बटेर,'' फूफा चौंकते हुए थूक घुटक रहे थे।

उस वक्त हम अमेरिका के बारे में बहुत कम जानते थे। जापान ही सारे आश्चर्य पैदा कर रहा था। गाँव के लोग बताते थे कि अंग्रेज जापान से इतना डर गये थे कि अमेरिका के साथ मिलकर उन्होंने उस पर एटम बम डाल दिया था। लाखों जापानी उसमें मर गये। लेकिन लोग कहते कि जापान इसका ऐसे बदला लेगा कि दुनिया दंग रह जायेगी। जापान धरती के भीतर-भीतर सुरंग बना रहा है। यह सुरंग अमेरिका तक जायेगी। और जब सुरंग के भीतर एटम बम फोड़कर जापानी उसे धँसकाएँगे, तो अमेरिका पाताल में चला जायेगा। कहा जाता कि नेताजी सुभाष चन्द्र बोस उसी सुरंग को बनवाने में लगे हैं। वे तो कांग्रेसियों और अंग्रेजों को चूतिया बनाने के लिए उन्होंने

यह खबर फैला रखी है कि वे हवाई जहाज से गिरकर मर गये।

ऐसी सारी सूचनाओं का हमारा स्रोत गोविन्द कहरा होता था, जिसके दिमाग के बारे में हालाँकि सभी कहते थे कि पटरी से उतर गया है लेकिन वही अकेला ऐसा था जो दिन-रात रेडियो सुना करता था। सीलोन, विविध भारती और बीबीसी। सन् बासठ में जब चीन के साथ लड़ाई हुई तो उसे लोगबाग घेरे रहते।

यह गोविन्द कहरा ही था, जिसने हमें बताया था कि मोहम्मद रफी के गले में कैंसर था इसलिए ऑपरेशन करके वहाँ बन्दर का गला फिट कर दिया गया है। जब से मोहम्मद रफी के गले में डॉक्टरों ने बन्दर का गला फिट किया है, उसके जैसा कोई गा नहीं सकता।

गोविन्द कहरा ने हमें मोहम्मद रफी के गले के कैंसर की मार्मिक कहानी भी सुनाई थी। उसने बताया था कि रफी पहले भी बहुत अच्छा गाता था लेकिन जाने क्या बात थी कि उसका गाना पिट जाता था और एक-से-एक फिसड्डी गानेवाले बाजी मार ले जाते थे। धीरे-धीरे फिल्म वालों ने उससे गाना गवाना बन्द कर दिया। रफी की हालत खराब हो गयी। उसका घर बिक गया और भीख माँगने की नौबत आ गयी। उन दिनों रफी मुम्बई रेलवे स्टेशन के प्लेटफॉर्म, शहर के फुटपाथ या किसी पुलिया के नीचे सोता था और किसी भी गाड़ी में चढ़कर, खँजड़ी बजाता गाता-माँगता चल देता था।

मुम्बई के वी.टी. स्टेशन के प्लेटफॉर्म या बाहर सड़क की पटरी पर सोनेवाले भिखमंगों ने जब रफी का यह हाल देखा तो उन्होंने उसे गाने की जगह कोई दूसरा धन्धा पकड़ने की सलाह दी। एक ज़माने का बहुत बड़ा नौटंकी स्टार, जो कलकत्ता के स्टार थियेटर में भी काम कर चुका था और जब उसकी पहली फिल्म *बिदेसिया* हिन्दी में आयी थी तो अंग्रेज सरकार ने उस पर इसलिए बैन लगा दिया था क्योंकि उसे देख-देखकर गाँव की लड़कियाँ शहर भाग जाती थीं, कहते हैं उस स्टार ने भी, जो अब वहीं सड़क के किनारे पड़े एक सीमेंट के ढोल के भीतर रहता था, रफी को सलाह दी कि वह भी उसकी तरह चौपाटी में रात को मालिश करने का धन्धा कर

ले। एक-दो सेठों की कोठियों में अगर सुबह भी मालिश का काम किस्मत से मिल गया, तो बस ऐश ही ऐश।

लेकिन मोहम्मद रफी तो सनकी था। उसने तो ठान रखी थी कि गाने के अलावा वह कोई दूसरा काम नहीं करेगा, चाहे भूखों मर जाये।

हमारे गाँव के पंडित कन्धई राम कहते थे कि चार-पाँच साल पहले जब वे कुम्भ के मेले में प्रयागराज जा रहे थे, तो एक भिखमंगा हू-ब-हू रफी की आवाज़ में गाता हुआ कटनी जंक्शन से इलाहाबाद तक, उसी गाड़ी में चढ़ा था। अभी पिछले साल, जब उन्होंने एक किताब में फोटो देखा तब उन्हें पता चला कि "ल्यो ससुर केर, ऊ तो मोहम्मद रफी रहा।" कन्धई राम पछताते रहे कि "अगर उसी टाइम पता चल गया होता तो मोहम्मद रफी को हेईं, अपने गाँव ले आये होते। जौन रूखी-सूखी हम खाते, वही उसको भी खिलाते। बिचारे को इतना कष्ट तो ना भोगना पड़ता। अरे महान आर्टिस्ट है बिचारा। बखत और ज़माने की मार है। बनिया-बक्कालों का जुग ना होता तो कउनो राजा-बादशाह के हियाँ ससुर अब तक तानसेन बन गया रहता।"

गोविन्द कहरा कहता था कि आदमी अगर अपने किसी भी अंग से जरूरत से ज्यादा काम लेने लगे, दिन-रात, टैम-बेटैम उसी अंग को पेट की खातिर पेरता रहे, तो उसमें गड़बड़ शुरू हो जाती है। कोई-न-कोई रोग उसे धर लेता है। किसी भी अंग को जादा पेरो तो ससुर सूज जाता है। रामदीन नाऊ को देख लो, पेट की खातिर दस-दस गाँव के लोगों का मूँड घोटते-घोटते पहले आँख सूजी, फिर फूली पड़ गयी। अब आई कैम्प में जाकर मुफ्त का चीरा लगवाया तो परमानेंट अन्धा हो गया। पड़ौहा महाराज को ही देखो। देस-देस जाकर भैंसा-पड़वा, गाय-बरदा खरीदकर लाते थे और बेचते थे। दिन-रात बीस-बीस कोस रेंगते थे, अब ल्यो मजा। दहिने गोड़ में भभक के निकल आया हाथीपाँव। पड़े हैं महाराज अँगना के कोनटारे में, बँसखट के ऊपर, मुँह पे भिनक रही हैं मक्खी।

मुझे बचपन से ही पागल बहुत आकर्षित किया करते थे। मैंने पंडित कन्धई राम और गोविन्द कहरा की बात से अन्दाजा लगा लिया था कि वही आदमी पागल होता है जो अपने पेट की खातिर अपने दिमाग से इतना काम लेता है, दिमाग को इतना पेरता है कि ससुर सूज जाता है। उसमें मवाद भर जाता है। उसे कुछ भी याद नहीं रहता। न किसी का चेहरा, न नाम-पता, न कुछ और।

तब मैं अपने आज के भविष्य के बारे में बिल्कुल नहीं जानता था। आज गोविन्द कहरा की बात याद आती है तो डर के मारे काँप उठता हूँ। कई बार लगता है कि परिवार-बच्चों और चूतियापे के सिद्धान्तों की खातिर मैंने अपने दिमाग को इतना पेरा है कि वह अब तक सूज गया होगा। मेरे दिमाग़ में अब स्मृतियों का नहीं, मवाद का वास है। अब मैं कभी भी पागल हो जाऊँगा। क्या पता, हो ही चुका होऊँ।

बहरहाल, मैं मोहम्मद रफी के बारे में बता रहा था। गोविन्द कहरा ने ही यह बात बताई थी।

उन दिनों जब मोहम्मद रफी मुम्बई की पटरियों या वी.टी. के प्लेटफॉर्म पर अत्तू-सत्तू, चना-चबैना खाकर और किसी धर्मात्मा बनिये के प्याऊ या सरकारी नलके से भरपेट पानी पीकर सोया रहता था, तभी यह घटना घटी।

रात आधी से ज्यादा हो चुकी थी। प्लेटफॉर्म पर रफी सोया हुआ था, तभी कोई ट्रेन आकर लगी। भीड़ बहुत थी। रफी घुटनों में सिर गड़ाकर, गठरी बना सोया हुआ था कि किसी भारी-भरकम बूट वाले ने आकर उसके माथे पर जोरदार ठोकर मारी। ठोकर इतनी ज्यादा थी और भूख की कमजोरी इतनी अधिक थी कि रफी ठीक से चीख भी नहीं सका। "या अल्लाह, रहम कर बदनसीबों पर!" उसके मुँह से इतना ही निकला।

फिर उसने अपनी कमज़ोर, नींद से भारी आँखें ऊपर उठाईं और सामने लक-दक कपड़ों में खड़े बूट वाले आदमी से कहा, "बाबूजी, आपके बूट को चोट तो नहीं लगी?"

वह आदमी म्युज़िक डायरेक्टर था। बड़ा मशहूर। फिल्मों में उसके गानों की तूती बोलती थी। उसका नाम गोविन्द कहरा उस समय भूल गया था, जब उसने मुझे यह कहानी सुनाई थी। लेकिन अब मैं जानता हूँ—नौशाद।

तो, बूट वाले आदमी ने गौर से नीचे पड़ी गठरी को देखा। वह कुछ परेशान और असमंजस में लग रहा था, ''माफ करना भाई। मुझे दिखाई नहीं पड़ा,'' फिर एक पल बाद बूट वाले ने कहा, ''सुनो, तुम क्या एक बार और बोलोगे?''

''क्या बोलूँ साहब?'' रफी फिर से सोने की फिराक में था।

''बस, बस, बस। हो गया काम।'' बूट वाले आदमी की, जो कि जैसा कि अब हम जानते हैं मशहूर म्युज़िक डायरेक्टर नौशाद थे, आँखों से आँसू बह रहे थे। वे मुम्बई के वी.टी. के उस प्लेटफॉर्म पर पड़ी उस गठरी के बगल में बैठे हुए थे, जिसे अभी कुछ ही पल पहले उन्होंने बूट से ठोकर मारी थी और उस महान गठरी ने पूछा था कि बाबूजी आपके बूट को चोट तो नहीं लगी?

''तुम वही हो, जिसकी खोज में मैं और शकील साहब कहाँ-कहाँ नहीं भटक चुके। तुम मोहम्मद रफी हो। हमारे ऊपर क्यों डालते हो गुनाह का बोझ? खुदा हमें दोज़ख़ में भी पनाह नहीं देगा।''

नौशाद इस तरह रफी को वी.टी. से उठाकर अपने घर ले आये। रफी के बालों में जूँएँ और मैली फटी-सी चादर में चीले पड़े हुए थे।

तभी नौशाद साहब ने रफी से गवाया था—*मन तड़पत हरि दरसन को आज। मोरे तुम बिन बिगरे सगरे काज। बिनती करत हूँ रखियो लाज।*

गोविन्द कहरा बताता था कि इतने दिनों तक रफी ने अपने गले को पेट की खातिर इतना पेरा था कि गला सूज गया था।

लेकिन यही तो असली इम्तिहान था। अगर ठीक से नहीं गाया और कहीं बूट वाले साहब ने भगा दिया तो?

और तभी नौशाद साहब ने मोहम्मद रफी को वह गाना दिया, जिसकी वजह से उसकी जान पर बन आयी। गाना था—*ओ दुनिया के*

रखवाले, सुन दर्द भरे मेरे नाले। पहले ये गाना अमीर खाँ साहब को गाना था। लेकिन गाने के आख़िर में नौशाद साहब इतना लम्बा आलाप चाहते थे कि अमीर खाँ साहब को कहना पड़ा, "भई अपन से तो नहीं सधेगा। हमने सुबह रियाज़ के बख़त कई बार खैंच के देख लिया।"

हारकर नौशाद ने शकील साहब से मशविरा लिया। उन्होंने कहा, "रफी से कोशिश करवा के देखो। हरि दर्शन तो उसने कमाल का गाया है।"

जब बूट वाले साहब ने रफी को वह गाना दिया तो उसके होश उड़ गये। सिर्फ़ वही यह बात जानता था कि उसका गला सूजा हुआ है। इस बात को वह सबसे छिपाकर रखता था कि कहीं साले काम देना बन्द न कर दें।

लेकिन आज दुनिया जानती है कि रफी ने वह गाना गाया। बस हुआ यह कि गाते-गाते वह अपने में कहीं डूब गया। उसकी हालत खराब थी। वह दाने-दाने को मोहताज था। दूसरे गवैये उसके दुश्मन बने हुए थे। न ठौर, न ठिकाना। भूख, भटकन, वर्षों की थकान, आनेवाले दिनों का डर, एक कभी खत्म न होनेवाली बदहवासी से भरी ज़िन्दगी।

जब वह गाने के आख़िर तक पहुँचा, जहाँ वह ईश्वर से कह रहा था—*तू अब तो नीर बहा ले। अब तो नीर बहा ले*...तो स्टूडियो में सभी की साँसें रुक गयीं। आलाप खत्म ही नहीं हो रहा था। नौशाद पत्थर की मूरत बन गये थे। शकील बदायूँनी सिसक रहे थे। *तू अब तो नीर बहा ले...*

और फिर भगदड़ मच गयी। रफी गिर गया था। उसका मुँह खुला रह गया था। उसमें से बेआवाज़ साँस निकल रही थी। फिर साँस के साथ-साथ खून निकलने लगा।

रफी का गला फट गया था।

अगर आप आज भी *बैजू बावरा* फिल्म का वह गाना सुनें तो उसका अन्तिम आलाप रफी के गले के खून, उसकी बदहवासी और उसकी प्रार्थना की पीड़ा में डूबा हुआ है।

गोविन्द कहरा ने बताया था कि रफी बेहोश था और जब उसको अस्पताल ले जाया गया, तो डॉक्टरों ने बताया कि उसके गले में कैंसर है। उस समय अमेरिका के एक बड़े डॉक्टर आये हुए थे। उन्होंने रफी के गले का ऑपरेशन किया और उसमें बन्दर का गला फिट कर दिया। रफी ठीक हो गया और अब उसके जैसा कोई नहीं गा सकता।

पंडित कन्धई राम कहते थे कि जब रफी ने *ओ दुनिया के रखवाले* गाया था और अन्त में *अब तो नीर बहा ले* का आलाप अपने सूजे हुए गले से खींचा था, तो सचमुच शंकर भगवान की पत्थर की मूर्ति की आँख से आँसू बहने लगे थे।

कन्धई राम दावा करते हैं कि आज भी अगर वो वाला कैसेट बजा दो तो शंकर भगवान की आँखों से आँसू बहते हैं। जैसा भजन मोहम्मद रफी ने गाया है, कोई गा नहीं सकता। अरे वो तानसेन का अवतार था ससुर।

मैं आपको पहले ही बता चुका हूँ कि यह कहानी मोहम्मद रफी के बारे में हमारे गाँव में फैली किंवदन्ती के बारे में है। इसमें उतना ही सच है जितना किसी किंवदन्ती में होता है।

लेकिन अब मैं जो घटना बताने जा रहा हूँ वह पूरी की पूरी सच है। हालाँकि वह भी एक बन्दर और उसके गले से सम्बन्धित है।

यह बात तब की है, जब मैं नौ या दस साल का था। मैंने उन्हीं दिनों बन्दूक चलानी सीखी थी। हमारे घर में पाँच-छह बन्दूकें थीं। बल्कि अगर बारूद और कंडे का चूरा गजी से ठूँसकर, पोटाश की टिकिया या दियासलाई को छुछ्छी में छुआकर चलनेवाले देसी भरमार को भी जोड़ें, तो यह संख्या और ऊपर जा सकती थी।

दो बन्दूकें मुझे सबसे ज्यादा पसन्द थीं। एक तो बिल्कुल हल्की, छोटी-सी राइफल, प्वाइंट टू टू। उससे मैं उन दिनों बहुत प्यार करता था और अपने सिरहाने रखकर सोता था। और दूसरी थी टू-एटी रॉश, चेकोस्लोवाकिया की बनी हुई। उसकी नाल पर एक टेलीस्कोप लगा हुआ था। उसमें से देखने पर दूर की चीजें बिल्कुल पास दिखाई देतीं।

इतनी पास कि आप उन्हें टटोलने के धोखे में पड़ सकते थे। मैं उस टेलीस्कोप से चिड़ियों को देखा करता। इतने निकट से वे और भी सुन्दर लगतीं।

बाद में जब मैं कुछ बड़ा हो गया था, तो मैंने बहुत-सी सुन्दर स्त्रियों को उसी टेलीस्कोप से पास बुलाकर कहा था, "मैं तुझसे प्यार करता हूँ, साली।"

जिस दिन यह घटना घटी उसके ठीक एक दिन पहले मैंने पहली बार टू-एटी रॉश को चलाना सीखा था। राइफल के कुन्दे को कॉलरबोन और कन्धे के बीच दबाकर जब आप अपने जीवन का पहला फायर करते हैं, तो वह अपने भीतर के डर और निर्बलता पर आपकी पहली जीत होती है। जिस दिन मैंने पहली बार राइफल चलाई, उसी दिन अचानक मैं बड़ा हो गया।

मेरी उम्र के बाकी बच्चे, जब मैं निशाना साधता और मेरी तर्जनी घोड़े पर जाकर ठहरती, डर कर हथेलियों से कान ढक लेते और आँखें मूँद लेते। मैं फायर के बाद स्वयं को उन सबसे बड़ा, वयस्क और जिम्मेदार महसूस करता।

तो उस दिन शाम का वक्त था। सूरज की, संतरे के रंग जैसी हो चुकी धूप, घर के छप्पर, पीछे के पीपल और छत के ऊपर लगे झंडे पर फैल रही थी। वह तेजी से सरक रही थी और मैं जानता था कि कुछ देर बाद वह धीरे-धीरे ताम्बई होते-होते गायब हो जायेगी। हल्का जाड़ा शुरू हो चुका था।

मैं अपने घर के ओसारे में खड़ा था। सामने आँगन था, जिसमें उगे पपीते के पेड़ की फुनगी पर संतरे जैसी धूप का अन्तिम खेल जारी था। मेरे साथ मेरा दोस्त किरपाल था। वह नाई था। उसका बाप गाँव के लोगों के बाल बनाता था, भूत-प्रेत उतारता था और रामलीला में जोकर बना करता था। जबसे मैंने राइफल चलाना सीखा था, मैं अपनी उम्र के लड़कों का नायक बन चुका था।

मेरे हाथ में उस समय भी राइफल थी। उसकी चमकीली काली नाल को मैं छू रहा था। तभी सामने की मुँडेर पर पता नहीं, कहाँ

से एक बन्दर आकर बैठ गया। वह नर था। बड़ा और घमंडी। हम नर बन्दर को अपनी भाषा में 'अकड़ा' कहते थे।

"मारिए इसे। आपका निशाना देखते हैं। अकड़ा साला खपड़े तोड़ेगा।" किरपाल ने कहा।

वह मुँडेर पर बैठा था। कुछ-कुछ उदास। शायद यह उदासी शाम के ढलने की वजह से थी। या शायद उसका झुण्ड कहीं पीछे छूट गया था और वह उनके आने की प्रतीक्षा कर रहा था। उस साँझ की धूप में जो थोड़ा-बहुत ताप बचा था, वह मुँडेर पर बैठा उसे अपने रोयों में भर रहा था।

मैंने राइफल लोड की। बाईं आँख दबाकर निशाना साधा। टेलीस्कोप से वह बिल्कुल करीब आ गया था। उसके रोएँ धूप में चमक रहे थे। उसने अपनी छाती सहलाई और जम्हाई ली। मैं असमंजस में था। मारूँ या न मारूँ?

वह हिला। "क्या कर रहे हैं? अब जानेवाला लगता है पट्ठा। मारिए।" किरपाल ने कहा। उसने अपने कानों को हथेलियों से मूँद लिया था और फायर के लिए तैयार था।

और मैंने ट्रिगर दबा दिया।

बन्दर मुँडेर से गिर गया। उस तरफ, जिधर छत थी। किरपाल तेजी से दौड़ा, उधर, जिधर छत को जानेवाली सीढ़ियाँ थीं। पीछे-पीछे मैं था।

वह छत पर था। गोली उसके माथे के ठीक बीचोंबीच लगी थी। अभी खून निकलना शुरू नहीं हुआ था। इसमें थोड़ा वक्त लगता है। उसने अपनी दोनों हथेलियों से अपनी दोनों कनपटियों को पकड़ रखा था। सिर को दाएँ-बाएँ घुमाता हुआ, "आह...आह...आह..." कह रहा था। वह मर रहा था।

मुझ पर विश्वास करिए, वह बिल्कुल साफ-साफ 'आह...' बोल रहा था। कहीं कोई गलती नहीं। वर्णमाला का पहला स्वर 'अ' और व्यंजन का सघोष 'ह'। बिल्कुल शुद्ध। कहीं कोई चूक नहीं।

'ह' तो शुद्ध घोष व्यंजन है। दुनिया की सारी भाषाओं में यह होता भी नहीं है। इसका मतलब, सारे आदमी-लोग भी इसे नहीं बोल पाते। लेकिन वह बन्दर इसे बोल रहा था। यह उसकी मृत्यु के ठीक पहले का अन्तिम वाक्य था। ''आह...आह...'' और उसकी इस यन्त्रणा के पीछे मेरा हाथ था। उसकी आँखें बन्द थीं और वह अपनी असह्य पीड़ा के गहरे कुएँ में डूबता जा रहा था।

मैं भीतर से सिहर उठा। मैंने इसकी पहले कल्पना तक नहीं की थी। वह उसी तरह बोलता हुआ मर रहा था। मैं और नहीं देख सकता था। मेरी टाँगें जवाब दे रही थीं। किसी तरह अपने को घसीटता मैं वहाँ से चला आया।

इस घटना की तीसरी ही रात मैंने सपने में उसे फिर देखा। मैं सपने बहुत देखता हूँ। वह मुंडेर पर ठीक उसी तरह बैठा था। मेरे हाथ में वही टू एटी राइफल थी। मैंने उसी तरह निशाना साधा और फायर किया। वह ठीक उसी तरह लुढ़का। छत पर अपनी कनपटियों को दोनों हथेलियों से जकड़े हुए, सिर को दाएँ-बाएँ घुमाता, वह साफ-साफ ''आह...आह...'' कहता हुआ मर रहा था।

लेकिन यहाँ, मेरे सपने में, वह मेरे बचपन के दोस्त किरपाल में बदल गया था। किरपाल अपना सिर पकड़े 'आ' और 'ह' कह रहा था और मेरे सामने मर रहा था। उसे मैंने गोली मारी थी। मेरा पूरा शरीर नींद के भीतर काँप रहा था और मैं एक अजीब-से डर से घिर गया था। जागने के बाद भी उस डरावने सपने से बाहर निकलने में मुझे काफी वक्त लगा।

फिर अकसर कभी हफ्ते, कभी महीने में एक-दो बार यह सपना आने लगा। बस उसमें परिवर्तन कभी-कभी यह होता कि वह बन्दर मरने के ठीक पहले कभी मेरे भाई में और कभी पिता जी में बदल जाता और मैं काँपता हुआ जाग जाता।

ऐसा भी नहीं कि इसके बारे में मैंने किसी को बताया नहीं। लेकिन मुझे दुःख है कि वे लोग कभी मेरी इस परेशानी को समझ ही नहीं पाते थे। जब मैं रात में सोता और नींद मुझे घेरने लगती,

तो मैं मन ही मन मनाता कि कम-से-कम आज वह बन्दर मेरे सपने में न आये। मगर वह आता ही रहता। इतना जरूर हुआ कि मेरे बड़े होने के साथ-साथ इस सपने का अन्तराल बढ़ता गया।

लेकिन अभी कुछ ही दिनों पहले वह फिर आया। इस बार अन्त में वह मेरे बड़े बेटे में बदल गया था और उसके गले से बिल्कुल स्पष्ट "आह...आह...आह..." निकल रहा था।

उर्दू, हिन्दी, अंग्रेजी सारी भाषाओं की वर्णमाला का पहला स्वर 'अ' और शुद्ध महाघोष व्यंजन 'ह'। कहीं कोई चूक नहीं। लेकिन इस बार वह मेरे बेटे के गले से निकल रहा था। यह मैं सह नहीं सकता। मैं पूरी ईमानदारी और याचना के साथ यह कहना चाहता हूँ कि मैं उस बन्दर से किसी भी तरह मुक्ति चाहता हूँ। मैं छुटकारा चाहता हूँ। इसके लिए मैं किसी भी मानसिक चिकित्सक, पीर-फकीर, धर्म-मजहब या हिंसा और क्रूरता को अपना पेशा बनानेवाले किसी भी शख्स के पास जाने के लिए तैयार हूँ।

यह तर्क तो ठीक है कि बचपन में जो हत्या मेरे हाथों हुई, उसका दंड मुझे ही भोगना है। हर किसी को अपना सलीब खुद ही ढोना पड़ता है। लेकिन अगर ऐसा है तो मैं आपसे यही पूछना चाहता हूँ कि उन्होंने, जिन्होंने मोहम्मद रफी के गले की हत्या की, उनका दंड कौन भोगेगा?

क्या कोई और ऐसा है, जो इस आज के समय में बन्दर का ऐसा सपना देख रहा हो?

दिल्ली

तब तक मुग़ल नहीं आये थे। दिल्ली में उन दिनों सुल्तानों का राज था। अलाउद्दीन ख़िलजी बादशाह था।

कई वर्षों से दिल्ली दरबार में यह हवा थी कि हिन्दुस्तान का दक्षिणी भाग बहुत समृद्ध है। हज़ार से भी ज़्यादा वर्षों से वहाँ के राजा और व्यापारी अरब, यूनान और तमाम देशों से व्यापार करके बहुत अमीर हो गये हैं। वहाँ बहुत सारा सोना-चाँदी, हीरे-मोती, पन्ना-पुखराज, हाथी-घोड़े हैं।

अलाउद्दीन ख़िलजी ने अपने सबसे भरोसमन्द, योग्य और वफ़ादार सूबेदार उलुग ख़ान को ज़िम्मेदारी सौंपी कि वह दक्षिण पर हमला करे। उलुग ख़ान बयाना का सूबेदार था। वह फ़ौज इकट्ठी करने लगा, लेकिन बीच में ही मर गया।

ख़िलजी चिन्तित हुआ। फिर उसने उलुग ख़ान की जगह मलिक नायब काफ़ूर हिज़ार दीनारी के ज़िम्मे यह अभियान सौंपा।

काफ़ूर दीनारी ने मलाबार को रौंद डाला। पूरे एक साल तक वह लूट-पाट मचाता रहा। मन्दिर तोड़ डाले; क़स्बों, बाज़ारों और गाँवों को लूट डाला।

हिन्दी खड़ी बोली के सूफ़ी कवि और हज़रत निज़ामुद्दीन औलिया के शिष्य अमीर ख़ुसरो ने लिखा है कि दक्षिण की धरती में, जहाँ कहीं भी धन था या तिज़ोरी थी, उसे खोदकर निकाल लिया गया और खच्चरों, गाड़ियों में लादकर दिल्ली रवाना कर दिया गया। काफ़ूर दीनारी ने दक्षिण के सभी दरवाज़ों को दिल्ली की ख़ातिर तोड़ डाला था और

जब इस जीत के बाद वह वापस दिल्ली लौटा, तो दक्षिण के उस समूचे क्षेत्र में सोना-चाँदी, हीरे-पन्ने नहीं, सिर्फ़ उनकी स्मृतियाँ और उनकी अनुगूँजें ही बाकी बची थीं और बची थीं मीलों-कोसों फैली राख में अभी भी उस विनाश की गवाही देती आग की लपटें।

काफ़ूर अपने साथ 600 हाथी, 2,500 घोड़े, 96 मन सोना, एक हज़ार लम्बे बालों व बड़ी आँखों वाली दक्षिण की साँवली बाँदियाँ और तीन मन हीरे-मोती, पन्ना-पुखराज तथा दूसरे नग-नगीने लेकर लौटा था। दक्षिण की इस लूट से दिल्ली कुछ सालों तक मालामाल हो गयी थी।

जब दिल्ली की सल्तनत के तख़्त पर ख़िलजी के बाद मुबारक शाह बैठा, तो उसके सपनों में मलिक नायब काफ़ूर दीनारी दक्षिण की ओर से दौलत और हूरें लिए हुए दिल्ली की ओर आता अक़सर दिखाई देता। मुबारक शाह ठीक से सो न पाता। इसलिए उसने अपने सबसे वफ़ादार नायब सूबेदार ख़ुसरो ख़ान को फ़ौज के साथ एक बार फिर दक्षिण भेजने का फ़ैसला किया।

चटख भड़कीली पोशाक, लच्छेदार लंतरानी, चमकदार दाँत और हमेशा मुस्कुराने वाले दिल्ली के ख़ुसरो ख़ान के चर्चे पूरे हिन्दुस्तान में थे। माताएँ अपने बच्चों को ख़ुसरो ख़ान का नाम लेकर डराती थीं। लड़कियाँ अपने चेहरे पर्दों में ढँककर बाहर निकलती थीं कि कहीं ख़ुसरो ख़ान न देख ले। हालाँकि ख़ुसरो ख़ान नाच-गाने और तहज़ीब वग़ैरह को बहुत ऊँचा दर्जा देता था, लेकिन उसके बारे में मशहूर था कि वह जिस पर रहम करता था, उसके नाक-कान काटकर जान बख़्श देता था।

दक्षिण के मलाबार के बाशिन्दों को जब यह पता चला, कि इस बार दिल्ली से ख़ुसरो ख़ान आ रहा है, तो सबने एक साथ कहा—"भागो।" और वे सारे-के-सारे लोग अपना-अपना सोना-चाँदी, माल-असबाब, धन-दौलत लेकर मदुरै से भी दक्षिण भाग गये, जहाँ वे सुरक्षित रह सकें। लेकिन मलाबार का एक मुसलमान व्यापारी ऐसा था, जिसने तमाम मुसलमान व्यापारियों को समझाया कि हम लोगों को ख़ुसरो ख़ान से खौफ़ खाने की कोई वजह नहीं है। ख़ुसरो ख़ान

तो इस्लामी फ़ौज लेकर हमें काफ़िरों से आज़ाद कराने आ रहा है। अब दक्षिण से सारा व्यापार, कारोबार हमारे क़ब्ज़े में होगा। यहाँ मुसलमान हुकूमत करेंगे।

उस व्यापारी का नाम था ख़्वाज़ा तक़ी। वह पाँचों वक़्त नमाज़ पढ़ता था और मज़हबी उसूलों का विद्वान था। उसकी बड़ी इज़्ज़त थी। इसलिए उसकी बात पर सभी मुसलमानों ने यक़ीन कर लिया और वे वहीं रुक गये—अपनी धन-दौलत, सोना-चाँदी और बहू-बेटियों के साथ।

व्यापारी ख़्वाज़ा तक़ी ने कहा, "हम मलाबार की सरज़मीं पर दिल्ली सल्तनत की ओर से आने वाले मालिक नायब ख़ुसरो ख़ान और उसकी पाक इस्लामी फ़ौज का ख़ैर मक़दम करेंगे।"

बहरहाल, जब ख़ुसरो ख़ान अपनी फ़ौज के साथ मलाबार पहुँचा, तो ख़्वाज़ा तक़ी की अगुआई में तमाम मुसलमान व्यापारियों और मज़हबियों ने उसका स्वागत किया और उसके सम्मान में उस रात दावत और नाच-गाने के जलसे का इन्तज़ाम किया।

इन्तज़ाम बहुत अच्छा था। खाना लज़ीज़ था। रक्काशाएँ जन्नत की साँवली हूरें थीं। जब सभी ने खा-पी लिया, तो ख़ुसरो ख़ान ने डकार मारी और चिल्लाकर अपने सिपहसालारों से कहा, "देखते क्या हो, शुरू हो जाओ। हमें अपने फ़र्ज़ से गुमराह नहीं होना है।"

अपने गले की पूरी ताक़त के साथ ख़ुसरो ख़ान अपनी फ़ौज को हुक़्म देते हुए चीखा, "लूटो और मारो। काट डालो।"

ख़ुसरो ख़ान की आवाज़ समूचे मलाबार में एक कोने से दूसरे कोने तक गूँजती रही। इस दफ़ा ऐसी लूट-मार, आगजनी, ज़िना और वहशियाना काम हुए कि लोग मलिक काफ़ूर दीनारी की लूट को भी भूल गये। मलाबार में रुक जाने वाला कोई भी व्यापारी या बाशिन्दा ऐसा नहीं था, जिसके घर में एक कौड़ी या एक जवान लड़की बची हो।

जब ख़ुसरो ख़ान दक्षिण की लूट का सारा सामान खच्चरों-गाड़ियों में लादकर दिल्ली के लिए कूच कर रहा था, तो वह मलाबार की सरज़मीं पर अपना ख़ैर मक़दम करने वाले व्यापारी ख़्वाज़ा तक़ी से मिला। ख़्वाज़ा तक़ी लुट-पिट चुका था और बरबाद चीथड़ों में था।

ख़ुसरो ख़ान ने चमकदार दाँतों में मुस्कुराते हुए ख़्वाज़ा तक़ी से कहा, "ख़्वाज़ा! हम दिल्ली दरबार से आये थे। अब तुम पर इतने हादसे गुज़र चुके हैं तो हम तुम्हें वह हक़ीक़त बयान किये जाते हैं, जिससे तुम्हारी सारी ग़लतफ़हमियाँ दूर हो जायेंगी।"

ख़ुसरो ख़ान फिर मुस्कुराया और उसने कहा, "तुमको पता होना चाहिए कि दिल्ली सारे हिन्दुस्तान को सिर्फ़ एक आँख से देखती है। दिल्ली के लिए सारी रियाया बराबर है। रंग, मज़हब, नस्ल, ज़ुबानें... कोई भेदभाव नहीं। लेकिन ख़्वाज़ा, याद रखो कि वह एक आँख किसी सूफ़ी, औलिया, ख़लीफ़ा, किसी दानिशवर दरवेश या किसी इन्साफ़परस्त हुक्मराँ की नहीं है। वह आँख दरहक़ीक़त किसी लुटेरे या डाकू की है। वह किसी वहशी या हवसखोर ज़ालिम की आँख है। ख़्वाजा, तुमको पता होना चाहिए कि दिल्ली दौलतमन्द लुटेरों की नगरी है। कोई ग़रीब या दीन-ओ-ईमान वाला आदमी अगर वहाँ रहने की कोशिश करेगा, तो उसका हश्र ऐसा होगा कि उसका हाल देखने-सुनने वालों के जिस्म के सारे रोएँ खड़े हो जायेंगे और नाज़ुक दिल-ओ-दिमाग़ वाले लोगों के आँसू सूख जायेंगे। दिल्ली में क़ाबिलियत, शराफ़त, ईमान, मेहनत और हुनर के दम पर रहने की कोशिश करने वाला शख़्स या तो पागल होकर सड़कों पर बदहाल भटकेगा या ख़ुदकुशी कर लेगा या फिर दिल्ली उसको लात मारकर शहर-बदर कर देगी।"

ख़ुसरो ख़ान ने ख़्वाज़ा तक़ी की ओर मुस्कुराते हुए देखा और कहा, "ख़्वाज़ा, उस रात का जलसा शानदार था और दावत बहुत उम्दा। फिर तुम्हारा जो हाल हुआ है, उसके चलते मुझे तुम पर रहम भी बहुत आ रहा है। और तुम तो जानते ही हो कि ख़ुसरो ख़ान जब किसी पर रहम करता है, तो क्या करता है।"

इस तरह दिल्ली के ख़ुसरो ख़ान ने मलाबार के ख़्वाज़ा तक़ी पर रहम किया। उसने उसकी जान बख़्श दी और सिर्फ़ नाक-कान काटकर चला गया।

कहते हैं, बाद की बची-खुची ज़िन्दगी में ख़्वाज़ा तक़ी ने मेहनत और समझदारी से अपना व्यापार दुबारा शुरू किया और दौलत कमाई। सारी

ज़िन्दगी वह मलाबार के हिन्दुओं, ईसाइयों, यहूदियों और ग़ैर-मज़हबी बाशिन्दों के साथ बड़े प्यार-मोहब्बत के साथ रहा।

कहते हैं, जब ख़्वाज़ा तक़ी मर रहा था, तो उसने अपने सारे बेटों, नाती-पोतों और अपने साथ मेल-मुलाक़ात रखने वाले सारे अमीर-उमरों और दूसरे लोगों को बुलवाया और उनसे कहा, "मैं अपनी आख़िरी नफ़स में, मरने के ठीक पहले तुम लोगों से तीन बातें कहे जाता हूँ। इन पर अमल करना, इससे मेरी रूह को तस्कीन होगी।"

कहते हैं, ख़्वाज़ा तक़ी ने मरने के पहले जो तीन बातें कही थीं, वो इस तरह हैं–

पहली बात : तुम सब आपस में ख़ूब प्यार-मोहब्बत के साथ रहना। हिन्दू, मुसलमान, ईसाई, यहूदी–सभी इन्सान हैं और दरअसल वे सब एक ही हैं।

दूसरी बात : अगर किसी ख़ौफ़ या ख़तरे का वक़्त आये, तो ऐसे में अगर भागना है, तो सब एक साथ भागो और अगर उसका मुक़ाबला करना है, तो एक साथ मुक़ाबला करो। कोशिश मुक़ाबले की करो। यक़ीन करो, हर लुटेरा अन्दर से बहुत बुज़दिल और गिरी ज़ेहनियत वाला होता है। वह तुमसे हर हाल आख़िर में हारेगा।

कहते हैं कि ख़्वाज़ा तक़ी ने मरने के पहले जो **तीसरी** और **आख़िरी** बात फुसफुसाते हुए कही थी, वह यह थी कि आइन्दा अगर इस इलाके में कोई दिल्ली-दरबार से आये और तुमसे कुछ कहे, वायदे करे, तिज़ारती सौदा करे, तरक़्क़ी और ख़ुशहाली के वास्ते दिलाए, तो चुपचाप उसकी बातें एक कान से सुनो और दूसरे कान से निकाल दो। और अगर लगे कि उसकी बातों का असर तुम पर होने लगा है, तो उसे अपने दस्तरख़ान में ले जाओ। उसे उम्दा लज़ीज़ चीज़ें खाने के लिए दो। रात गुज़ारने के लिए गुदगुदा, नरम बिस्तर उसकी ख़ातिर बिछाओ और जब वह सो जाये, तो उसके सारे कपड़े उतारकर, उसका सिर उस्तरे से मूँड़कर, गधे पर उलटा बिठाकर उसे बाइज़्ज़त दिल्ली के लिए रुख़सत कर दो।

कहते हैं, इतना कहकर ख़्वाज़ा तक़ी मर गया था।

मार्क्स का वाक्य

वह इमारत बहुत बड़ी थी। विशाल।

उस इमारत के अन्दर उस राजनीतिक दल के नेता और पदाधिकारी बैठते थे, जिसका कार्यालय उसमें था।

जिस राजनीतिक दल का वह कार्यालय था, वह दल पिछले पचहत्तर साल से समाज में बराबरी लाने; सभी को न्याय, भोजन, आवास, शिक्षा, रोजगार और चिकित्सा दिलाने के लिए मूलगामी क्रान्ति की घोषणा हर साल करता था।

हर साल क्रान्ति की उम्मीद में बहुतेरे नौजवान उस दल के साथ आ जुड़ते थे, लेकिन धीरे-धीरे कुछ सालों तक पोस्टर चिपकाते, दीवारों को रंगते, रैलियाँ और जुलूस निकालते, नारे लगाते वे बूढ़े हो जाते थे। उनमें से थोड़े-से, जो चालाक और समझदार होते थे, वे इस दौरान कोई बिजनेस शुरू करके या नौकरी का जुगाड़ जमाकर लाइन से लग जाते थे। बाकी जो बचते थे, वे जब ज्यादा बदहाल, बूढ़े और चिड़चिड़े हो जाते थे, तो उन्हें वह राजनीतिक दल गड़बड़ तत्त्व मानकर अपने संगठन से बाहर निकाल देता था।

अभी तक हर साल वह दल मूलगामी सामाजिक क्रान्ति की घोषणा करता रहता है।

लेकिन पता नहीं क्यों, जब भी कोई उस इमारत के मुख्य दरवाज़े पर पहुँचता है, तो उसके मस्तिष्क में अचानक कोई संगीत-सा पैदा होने लगता है। एक कोई ऐसी गूँज, जो कहीं बहुत दूर से आती हुई लगती है। अगर कोई उस अनुगूँज को ध्यान से सुने, तो वह

पायेगा कि दरअसल वह संगीत कुछ और नहीं, मार्क्स का वह वाक्य है, जो उसने लगभग डेढ़ सौ साल पहले धर्म के बारे में कहा था।

मार्क्स ने कहा था कि संसार में इस बात को चर्च के भीतर बैठे पादरी सबसे ज्यादा अच्छी तरह जानते हैं कि ईश्वर का अस्तित्व नहीं है और अगर है भी, तो भी ईश्वर कभी यहाँ आयेगा नहीं।

प्रश्न यह उठता है कि मार्क्स का धर्म के बारे में कहा गया यह वाक्य उस राजनीतिक दल के मुख्यालय के दरवाजे पर क्यों सुनाई देता है, जो मूलगामी सामाजिक क्रान्ति की बात करता है?

क्या किसी के पास इसका कोई उत्तर है?

पूँछ में पटाखा

दीवाली की रात बच्चों ने एक कुत्ते की पूँछ में पटाखों की एक लड़ी बाँध दी और उसकी बत्ती को आग छुआ दी।

धाँय...धाँय, धूम-धड़ाक...पटाखे फूटने लगे। कुत्ता भागा बेतहाशा, लेकिन पटाखे तो पूँछ के साथ नत्थी थे। पटाखे फूटते रहे और कुत्ता होशोहवास खोकर, चीखता-भौंकता, बिना दाएँ-बाएँ, ऊपर-नीचे देखे और चीज़ों और लोगों से टकराता, गिरता-पड़ता, बदहवास भागता रहा।

कुत्ता एक साँस भी पूरी न ले पाता कि अचानक...'धाँय-धड़ाम', एक और पटाखा फूटता।

कुत्ते का यह हाल देखकर बच्चों के साथ विनायक दत्तात्रेय भी हँसे। हँसते हुए उन्होंने कहा, "बिल्कुल, हू-ब-हू, एकदम वैसा ही दिखता है ये कुत्ता।"

"कैसा अंकल?" बच्चों ने उनसे पूछा।

"दिल्ली के मध्यवर्ग जैसा। टिपिकल मिडिल क्लास।" विनायक दत्तात्रेय ने जवाब दिया और वे भी काम के लिए इस तरह भागे जैसे उनकी पूँछ में पटाखों की कोई लड़ी लगी हो, जिसकी बत्ती को आग छुआ दी गयी हो।

उत्तर-आधुनिक उपभोक्तावाद

दीवाली की रात थी। बच्चों ने कुत्ते की पूँछ में पटाखों की लड़ी बाँध दी और बत्ती को तीली दिखा दी थी।

पटाखे धड़ा-धड़ फूट रहे थे और कुत्ता बदहवास, होशोहवास खो कर, चीखता, भौंकता, रोता, गिरता, पड़ता भाग रहा था।

कुत्ता जब विनायक दत्तात्रेय के पास से गुज़ारा, तो उन्होंने कुत्ते के सामने हड्डी के टुकड़े फेंक दिये।

एक तरफ लालच में कुत्ता हड्डी चबा रहा था, दूसरी तरफ पूँछ में बँधे पटाखों के लगातार फूटने की वजह से चीख-पुकार भी मचा रहा था। एक तरफ कुत्ते के मुँह से लार बह रही थी, दूसरी तरफ उसके गले से चीख निकल रही थी।

एक अद्‌भुत ट्रैजिक-कॉमिक दृश्य था।

विनायक दत्तात्रेय हँसे।

लोगों ने पूछा, "आप क्यों हँस रहे हैं?" तो उन्होंने जवाब दिया :

"देखो इस कुत्ते को। यह बिल्कुल तीसरी दुनिया का उपभोक्तावादी मनुष्य लग रहा है। उत्तर-आधुनिक उपभोक्तावाद का दुर्दान्त दृष्टान्त।"

विनायक का अकेलापन

जो भी दुर्दिनों में घिरता है, दिल्ली उसे त्याग देती है।

विनायक दत्तात्रेय भी दुर्दिनों में थे। दिल्ली ने उन्हें त्याग दिया था। न उनके पास कोई आता था, न कोई उनका हाल पूछता था। टेलीफोन कभी बजता नहीं था। वे अकेले रह गये थे।

अकेलापन और दुर्दिन के दिन बिताने का तरीका विनायक दत्तात्रेय ने खोज निकाला था।

वे अपने कमरे के एक कोने में जाकर खड़े हो जाते और पुकारकर पूछते, "विनायक, कैसे हो?"

फिर दूसरे कोने पर खड़े होकर मुस्कराते हुए कहते, "मैं ठीक हूँ, विनायक। अपनी सुनाओ। कभी-कभार आ जाया करो यार!"

मिलना-जुलना

दिल्ली में ऐसे लोगों की संख्या इधर बहुत बढ़ गयी थी, जो सिर्फ़ उसी से मिलते थे, जिनसे उनका कोई काम होता था।

विनायक दत्तात्रेय ने अर्से से ऐसे लोगों से मिलना बिल्कुल छोड़ दिया था, क्योंकि वे लोग किसी काम के न थे।

ख़राब कलम

उन दिनों विनायक दत्तात्रेय हिन्दी में कविताएँ लिखते थे। उनके पास एक ही कलम थी, जो सस्ती थी, पुरानी हो चुकी थी और लिखते हुए उसकी निब से 'किर्र-किर्र' की आवाज़ आती थी।

विनायक दत्तात्रेय जब कविता लिखते, तो उनकी कलम से निकलनेवाली 'किर्र-किर्र' की आवाज़ से दिल्ली का कोई कवि न ठीक से कविता लिख पाता, न चैन से सो पाता।

इसलिए जब विनायक दत्तात्रेय कविता लिखते, तो कवि उनकी छप्पर पर ढेले मारते। कुछ ढेले विनायक दत्तात्रेय को, कुछ उनकी पत्नी, कुछ बच्चों और कुछ पड़ोसियों को लगते।

आख़िर सबने मिलकर एक दिन उन्हें समझाया और विनायक दत्तात्रेय ने कविता लिखनी छोड़ दी।

सुनते हैं, इधर वे कहानियाँ लिख रहे हैं...

किर्र...किर्र...किर्र...

श्रीमान् भाववादी

श्रीमान् भाववादी यह मानते थे कि पदार्थ और चेतना में, चेतना ही महत्त्वपूर्ण होती है। चेतना प्रधान है, पदार्थ गौण।

वह कहते थे कि मेज़ या दरवाज़े की चौखट या कार बनाने की प्रक्रिया में बढ़ई या इंजीनियर के मस्तिष्क में पहले मेज़, दरवाज़े की चौखट या कार की अवधारणा जन्म लेती है। इसके बाद, उसी के आधार पर मेज़, दरवाज़े की चौखट या कार का निर्माण होता है।

यानी अवधारणा पहले है, वस्तु बाद में। इसलिए कार से ज़्यादा महत्त्वपूर्ण कार की अवधारणा है। इसी का परिणाम था कि श्रीमान् भाववादी कार पर नहीं, ज़्यादातर कार की अवधारणा पर सवार रहा करते थे।

लेकिन वे अपने इस भाववादी दर्शन के प्रति वास्तव में सच्चे मन से ईमानदार थे। इसका प्रमाण यह है कि जब उनका सिर किसी चौखट से या घुटना किसी मेज़ से टकराता था, तो वे अपने माथे या घुटने को नहीं, मेज़ या चौखट को सहलाते हुए कहते थे : ''आयम रियली वेरी सॉरी। आपको कहीं चोट तो नहीं आयी?''

लेकिन दुर्भाग्य से एक बार दिल्ली की सड़क पर वे अस्सी कि.मी. प्रति घण्टे की रफ्तार से दौड़ती ब्लू लाइन बस से टकरा गये।

इसके पहले कि वे ब्लू लाइन बस से यह पूछें कि, ''बहन जी, आपको कहीं ठोकर तो नहीं लगी?'' उनकी चेतना पदार्थ में बदल चुकी थी।

आचार्य की रज़ाई

यह तब की बात है, जब सुप्रसिद्ध नाटककार और चित्रकार विनायक दत्तात्रेय आज की तरह ही बेरोजगार और बदहाल थे। और जैसा कि कुछ लोगों की फितरत होती है, विनायक दत्तात्रेय ने भी बदहाली और फाक़ाकशी के उन दिनों में इश्क किया, शादी की और दो अदद बच्चों के बाप बन गये।

उन दिनों वे दिल्ली के एक मशहूर विश्वविद्यालय के पास बेरसराय नामक मुहल्ले में 10 × 8 फुट के एक कमरे में, जहाँ उनके आगमन के पहले मकान-मालिक चौधरी मंगत राम की दो भैंसें बँधती थीं, सपरिवार रहते थे। उसी कमरे में खाना, उसी कमरे में सोना, उसी कमरे में दरवाज़े के पास नहाना, पेशाब आदि करना। दिशा-फरागत के लिए वे सपरिवार बोतल-शीशी लेकर दिल्ली की सत्तर प्रतिशत जनता की तरह ही सड़क की पटरियों पर या भारतीय तकनीकी संस्थान (इंडियन इंस्टीट्यूट ऑफ टेक्नॉलॉजी) के प्रांगण में हो आते थे। वह विख्यात संस्था अभी तक ऐसी टेक्नॉलॉजी का आविष्कार नहीं कर पायी थी, जो इक्कीसवीं सदी की दहलीज़ पर खड़े सामान्य भारतीय नागरिकों के हगने-मूतने की कोई सस्ती और सुलभ व्यवस्था कर सके।

उत्तर-आधुनिकता और समाजवाद आदि का आगमन राजधानी के इस परिवेश और पर्यावरण में भी होना था, लेकिन आज की ही तरह तब भी वह आगमन यहाँ नहीं, कहीं और हुआ था।

सुप्रसिद्ध नाटककार और चित्रकार विनायक दत्तात्रेय उन दिनों विश्वविद्यालय में रिसर्च स्कॉलर थे। घर का किराया, राशन, बच्चों के लिए दूध और कपड़ा-दवा आदि का खर्च चलाने के लिए वे अनुवाद, ट्यूशन, प्रूफरीडिंग वगैरह करते थे और उन्होंने अपने उन विवादास्पद और विख्यात नाटकों को उसी दौरान लिखा था, जिनके अनुवाद लगभग सभी प्रमुख भारतीय और विदेशी भाषाओं में अब तक हो चुके हैं और जिन नाटकों की बदौलत वे आज जाने जाते हैं।

जाड़ा आ रहा था। दिल्ली का जाड़ा कुख्यात है। विनायक दत्तात्रेय भैंस के जिस भूतपूर्व कटरे में पत्नी और अपनी दो नन्ही सन्तानों के साथ निवास कर रहे थे, वहाँ दरवाजा नहीं था। लोहे की छड़ की सलाखों वाली फटकी थी। उसमें दरी, चादर, पत्नी की एकमात्र शाल आदि लटकाने के बावजूद हवा सीधे अन्दर आती थी। हवा भी ऐसी, जो शिमला, मनाली, हिमाचल और पता नहीं, कहाँ-कहाँ से, जहाँ-जहाँ भी बर्फ गिरती थी, वहाँ-वहाँ से होकर बर्फीली छुरी-कटार लेकर आती थी और सुप्रसिद्ध नाटककार और चित्रकार विनायक दत्तात्रेय के परिवार पर हमला कर देती थी। सबसे बड़ी समस्या यह थी कि रज़ाई एक ही थी, जिसमें विनायक दत्तात्रेय के परिवार के चार प्राणियों का गुजर-बसर मुश्किल था, लेकिन नयी रज़ाई खरीदने लायक पैसा सुप्रसिद्ध नाटककार और चित्रकार विनायक दत्तात्रेय के पास नहीं था।

'रज़ाई तो चाहिए। जाड़ा जबर्दस्त है।' विनायक दत्तात्रेय ने सोचा।

वे सुबह ही आर.के. पुरम सेक्टर थ्री के मार्केट के बाहरी कोने में रज़ाई-गद्दे भरने-सिलने वाले मक़सूद मियाँ की दुकान में बैठ जाते और यहाँ-वहाँ की बातें करते रहते। मक़सूद मियाँ गरीबी में तो थे, लेकिन उनका दिल तंग नहीं हुआ था। उन्हें यह जानने में देर न लगी कि अदब-ओ-मुसव्विरी का यह आला दर्जे का हुनरमंद शख्स दरअसल दिल्ली के जाड़े से परेशान है, लेकिन रज़ाई भरवाने-सिलवाने लायक पैसे इसके पास नहीं हैं। इसलिए यह दुनिया-भर की फ़लसफ़ाना बातें करता हुआ बैठा रहता है।

लेकिन मक़सूद मियाँ यह भी ताड़ गये थे कि इस शख्स में अहमकपना और घमंड कुछ इतना है कि मुफ्त की रज़ाई यह कुबूल नहीं करेगा। तो उन्होंने एक चाल चली।

अगली सुबह जब विनायक दत्तात्रेय उनकी दुकान पर पहुँचे, तो उन्होंने पाया कि मक़सूद मियाँ एक रज़ाई का गिलाफ़ अपनी गोद में आधा फैलाए बैठे हैं। गिलाफ को उँगलियों से टटोलते और गौर से उसे देखते हुए बड़ी ही संज़ीदा फ़लसफ़ाना आवाज में मक़सूद मियाँ ने पूछा : "विनायक भाई, देख रहे हैं ये रज़ाई का गिलाफ़?"

"देख रहा हूँ," विनायक दत्तात्रेय ने कहा।

"जाहिल हैं यहाँ के कस्टमर। चालू चीजें खरीदते हैं। इसे देखिए, क्या उम्दा डिज़ाइन है। पुश्त-दर-पुश्त हथकरघे पर काम करनेवाले जुलाहों और कारीगरों ने इसे तैयार किया है। ज़रा छूकर देखिए। कपास के सूत की नरमी और गरमी—दोनों आप महसूस करेंगे।" मक़सूद मियाँ ने कहा।

"रियली मक़सूद भाई। वाकई। उम्दा रज़ाई का गिलाफ़ है।" विनायक दत्तात्रेय ने गिलाफ़ को उँगलियों से टटोलते हुए कहा।

मक़सूद मियाँ ने अपनी चालाक दानिशमंदी का पासा फेंका— "विनायक भाई, पता है, इसका दाम क्या होगा—भराई-सिलाई समेत?"

"आप बताएँ," विनायक दत्तात्रेय ने उदासीनता के साथ कहा।

"सिर्फ़ पैंतालीस रुपये। साढ़े तीन किलो अच्छी उम्दा रुई और सिलाई-भराई समेत तैयारशुदा रज़ाई की पूरी कीमत सिर्फ़ पैंतालीस रुपये।"

"आँय," सुप्रसिद्ध नाटककार और चित्रकार विनायक दत्तात्रेय का मुँह खुला का खुला रह गया। "इतनी सस्ती रज़ाई। ऐसा कैसे हो सकता है मक़सूद भाई? इतने में तो दिल्ली में चप्पलें और बनियानें बड़ी मुश्किल से मिलती हैं।"

"अब देख लो!" मक़सूद मियाँ मंद-मंद मुस्कराए। फिर उन्होंने कह ही डाला, "पूरी दिल्ली में इससे कम कीमत की, ऐसी बेहतरीन, उम्दा, गर्म रज़ाई मिल जाये, तो हम अपनी दुकान बढ़ा लेंगे यहाँ से।"

दो घण्टे में रज़ाई भरकर तैयार हो गयी और विनायक दत्तात्रेय उसे सिर पर लादकर बेरसराय के अपने निवास की ओर लौटे। उनका हृदय भीतर-भीतर किसी नन्हे-मुन्ने खरगोश की तरह बार-बार उछल-कूद कर रहा था कि अभी जाकर पत्नी को वे चौंका देंगे और अपनी दोनों सन्तानों को स्कूल से लौटते ही डाँट-डपटकर इस गरम-नरम उम्दा नयी रज़ाई के भीतर भेज देंगे। ऐश करो बेटो।

लेकिन जब तगाई के साथ खोल के बाहर निकल आयी रुई की फाहों को बालों और कपड़ों में लपेटे विनायक दत्तात्रेय अपने भूतपूर्व भैंस के कटरे यानी निवास-स्थान पर पहुँचे, तो वहाँ विभाग के आचार्य प्रवर करकट विराजमान थे। पत्नी ने उन्हें चाय दी थी, जिसे वे पी रहे थे और साथ में नमकीन, जिसे वे चबा रहे थे।

"अत्यन्त सुन्दर रज़ाई है। अत्यन्त महँगी होगी।" पत्नी से पहले रज़ाई देखकर चौंकने वाले आचार्य करकट थे।

"नहीं सर, सिर्फ़ पैंतालीस रुपये की है।" विनायक दत्तात्रेय ने सच-सच बताया।

"आँय!" आचार्य करकट का मुँह आश्चर्य में सिकुड़-फैलकर वराह जैसा हो गया। "एक हमें भी चाहिए। ला दोगे?"

अब विनायक दत्तात्रेय मना कैसे करते। मक़सूद मियाँ की तरह ही वह भी तंगदस्त और तंग-जेब भले ही हों, दिल खासा लम्बा-चौड़ा था। इसके अलावा आचार्य करकट उसी विभाग में प्राध्यापक थे, जिस विभाग में विनायक दत्तात्रेय शोध-कार्य कर रहे थे। शोध-निर्देशक और विभागाध्यक्ष आचार्य कौटिल्य केसरी के साथ उनकी बड़ी घनिष्ठता थी। कहा जाता था कि आचार्य करकट ने महाआचार्य लीला पुरुषोत्तम की रसोई का काम करके तथा अपनी वाणी से उन्हें प्रसन्न करके विभाग में यह नौकरी प्राप्त की थी, वरना उनका अकादमिक रिकॉर्ड सम्प्रति बेरोज़गार, बदहाल और भूतपूर्व भैंस के कटरे में निवास करनेवाले सुप्रसिद्ध नाटककार और चित्रकार विनायक दत्तात्रेय के मुकाबले खासा खराब था।

"मैं कल ही ला दूँगा।" विनायक दत्तात्रेय ने फौरन वादा कर लिया। वे आचार्य करकट को हर हाल में खुश करना चाहते थे। दरअसल, विनायक दत्तात्रेय इतने संकोची और गड़बड़ जीव थे कि वे किसी को सीधे-सीधे खुश भी नहीं कर सकते थे। खुश वे अपने शोध-निर्देशक आचार्य कौटिल्य केसरी को करना चाहते थे, लेकिन सीधे नहीं, आचार्य करकट के माध्यम से। उन्हें हमेशा उम्मीद रहती थी कि विभाग में जब महाआचार्य कौटिल्य केसरी के साथ आचार्य करकट बैठेंगे, तो उनसे प्रसन्न करकट अवश्य कोई-न-कोई बात कहेंगे, जिससे उनके शोध-निर्देशक और विभागाध्यक्ष आचार्य कौटिल्य केसरी प्रसन्न होंगे। विनायक दत्तात्रेय अपनी तंगहाली, बेरोजगारी और परिवार के बोझ से परेशान और खस्ताहाल हो चुके थे। उन्हें किसी-न-किसी नौकरी की तत्काल ज़रूरत थी, जिससे उनकी आय नियमित हो और परिवार की दाल-रोटी चले।

लेकिन जैसा कि सब जानते हैं, सुप्रसिद्ध नाटककार और चित्रकार विनायक दत्तात्रेय को दोनों आचार्यों ने कभी कोई नौकरी नहीं मिलने दी। महाआचार्य कौटिल्य केसरी और आचार्य करकट यद्यपि एक-दूसरे के विरुद्ध जड़-काटू षड्यन्त्र और पृष्ठभूमि निन्दा आदि करते रहते थे, परन्तु विनायक दत्तात्रेय को नौकरी न मिलने देने के मामले में दोनों के बीच अमेरिका और इंग्लैंड या भारत और भूटान जैसी एकता थी। दोनों कहते थे—"साला फटीचर पगलेट, बैंचो जीनियस बना फिरता है। घुटने टिकवाकर महरौली रोड की गिट्टी में जब तक नाक नहीं रगड़वा लेंगे, नौकरी नहीं मिलने देंगे।"

लेकिन जैसा कि सब जानते हैं, सुप्रसिद्ध नाटककार और चित्रकार विनायक दत्तात्रेय ने मूँगफली बेच ली, सेकेंट हैंड स्कूटर बेचने का धन्धा किया, अख़बारों में कॉलम और टी.वी. में सीरियल आदि सब लिखे, पर नौकरी के लिए अपनी नाक नहीं रगड़ी।

बहरहाल, अब रज़ाई प्रकरण।

"ये पकड़ो पचास," आचार्य करकट ने अपनी जैकेट की जेब से पचास का एक नोट विनायक दत्तात्रेय को पकड़ा दिया।

विनायक दत्तात्रेय ने जब मक़सूद मियाँ को पचास का नोट देते हुए दूसरी रज़ाई की माँग की, तो मक़सूद मियाँ का हलक सूख गया, दिल घुटने मोड़कर नीचे बैठ गया और दिमाग में सनसनाती बिजली दौड़ गयी।

किसी हाल में रज़ाई एक सौ दस रुपये से नीचे की नहीं पड़ती थी। वो तो मक़सूद मियाँ ने इस तंगहाल, नेक और हुनरमंद इन्सान विनायक दत्तात्रेय को मुसीबतज़दा पाकर उनकी मदद करनी चाही थी। अब वही हमदर्दी खुद उन्हीं के पेट पर लात मारने चली आ रही थी।

मक़सूद मियाँ ने विनायक दत्तात्रेय से इस अचानक एक और रज़ाई की ज़रूरत के बारे में पूछा। विनायक दत्तात्रेय ने उन्हें सच-सच बता दिया। मक़सूद मियाँ ने कहा, ''अब विनायक भाई, तुम्हारी नौकरी का सवाल है, इसलिए उस हद दर्ज़े तक गिरे हुए मकोड़े के लिए मैं रज़ाई भरवा देता हूँ। वरना तो तुम जानते ही हो कि हमारे मजहब में सूअर को छूना और देखना तक नापाक है, उसे रज़ाई ओढ़ाने की तो बात ही छोड़ो।''

शाम छः बजे तक रज़ाई तैयार हो गयी। मक़सूद मियाँ ने अपने होनेवाले नुकसान को, जितना कम कर सकते थे, किया। साढ़े तीन किलो की जगह पौने तीन किलो रुई भरी गयी, उसमें से भी आधी रुई किसी पुरानी रज़ाई से निकालकर धुनी गयी, धूल-पानी खाई हुई मुर्दा रुई। रज़ाई का अस्तर भी पतला और सस्ते लंकलाठ का, जो पोस्ट-ऑफिस में पार्सल लपेटने के काम आता है। गिलाफ के ताने-बाने भी ज़रा छितराए हुए और एक-दूसरे से अलग हटे हुए।

रुई के थक्कों को बाल, भौंह, कन्धे और चेहरे पर लपेटे, सिर पर रज़ाई को लादे सुप्रसिद्ध नाटककार और चित्रकार विनायक दत्तात्रेय जब आचार्य करकट के फ्लैट में पहुँचे और रज़ाई को फर्श पर रख कर अपनी नजरें ऊपर उठाईं, तो उस समय लुंगी लपेटे हुए अधेड़ आचार्य करकट एक गँवार और नाबालिग लगती शिष्या को 'रूप तथा अन्तर्वस्तु' एवम् 'विडम्बना तथा विरोधाभास' समझाते हुए पटाने में निमग्न थे।

आचार्य करकट को ऐसे गम्भीर उत्तर-आधुनिक विमर्श के बीचोंबीच विनायक दत्तात्रेय द्वारा इस तरह रज़ाई का पटकना अत्यन्त असहनीय लगा। उस नाबालिग और मूर्ख 'रूप' वाली अत्यन्त घाघ और चालाक 'अन्तर्वस्तु' की शिष्या ने कुर्सी पर रख दी गयी चुन्नी से अपने को ढँका और टाँगें जोड़ लीं।

विनायक दत्तात्रेय अचकचाए हुए किसी फ्रीज शॉट की तरह उन दोनों के सामने खड़े थे। नीचे फर्श पर रज़ाई थी। हालाँकि विनायक दत्तात्रेय विभाग के सीनियर रिसर्च स्कॉलर थे और वह लड़की एम.ए. प्रथम वर्ष की कनिष्ठ छात्रा, परन्तु न तो आचार्य करकट ने उनसे कुर्सी पर बैठने के लिए कहा, न उस लड़की ने उनके प्रति ऐसी कोई सम्मानजनक मुद्रा प्रदर्शित की।

"तो मैं चलूँ, सर?" विनायक दत्तात्रेय ने स्वयं को सूप में कंकड़, कबाब में हड्डी या दाल-भात में मूसलचन्द जैसा अवांछित और ऊटपटाँग स्थिति में पाकर कहा।

तभी आचार्य करकट ने रज़ाई को गौर से देखा और उठकर उसे उन्होंने फैला लिया। रज़ाई से यह सम्पूर्ण साक्षात्कार किसी ग्रीक त्रासदी के अन्तिम प्रसंग की तरह ही अत्यन्त गहरा और मर्मान्तक सिद्ध हुआ।

"यह रज़ाई है?...आँय?" आचार्य करकट की आँखों से अब वासना का मदभरा रस नहीं, क्रोध की चिनगारियाँ निकल रही थीं।

"खी...खी...खी...खिख्खी!" अचानक आचार्य करकट की वह नाबालिग रूप और घाघ अन्तर्वस्तु वाली शिष्या हँसी। "मेरे को तो सर, सच्ची बोलूँ, ये रज़ाई नहीं, लिफाफा लगती है। खी...खी...खी... खिख्खी..."

विनायक दत्तात्रेय ने बड़ी निरीह, पराजित और पीड़ा भरी आँखों से उस छात्रा को देखा, लेकिन उस पर उनकी इस दृष्टि का कोई असर नहीं हुआ।

"मैं तो सर, आपसे सच्च कए रई हूँ, मेरी अम्मा इस कपड़े का पोंचा भी नईं लगाएगी। खी...खी...खिख्खी।" आचार्य करकट अपनी

लुंगी सँभालते हुए चिंचियाती आवाज़ में चिल्लाए, "ले जाओ तत्काल इस लिफाफे को मेरे सामने से।"

अपमानित, दुःखी और तंगहाल-बेरोजगार विनायक दत्तात्रेय जब रज़ाई को पुनः सिर पर लादे आचार्य करकट के फ्लैट से निकल रहे थे, तो पीछे से आवाज़ आयी, "वो पचास रुपये वापस कर जाना। यहाँ नहीं, विभाग के मेरे कमरे में। समझे।"

तीन दिन बाद सुप्रसिद्ध नाटककार और चित्रकार विनायक दत्तात्रेय के शोध-प्रबन्ध 'भारतीय साहित्य में नैतिक चेतना' का दूसरा अध्याय शोध-निर्देशक आचार्य कौटिल्य केसरी ने कड़ी टिप्पणी के साथ रिजेक्ट कर दिया।

उस साल दिल्ली का भीषण जाड़ा, बेरसराय नामक मुहल्ले में, चौधरी मंगतराम के भूतपूर्व भैंस के कटरे में रहते हुए, कई साहित्यिक पुरस्कारों आदि से सम्मानित सुप्रसिद्ध नाटककार और चित्रकार विनायक दत्तात्रेय ने भयानक गरीबी में, तीन-तीन रज़ाइयों के साथ मजे में काटा।

पूरे हिन्दुस्तान में जब बाबरी मस्जिद कांड को लेकर दंगे और चुनाव हो रहे थे, उस दौरान हर रात सोने के ठीक पहले विनायक दत्तात्रेय का पूरे चार प्राणियों का परिवार एक स्वर में, रज़ाई में घुसकर एक साथ बोलता था, "शुक्रिया मक़सूद भाई, तेरा लाख-लाख शुक्रिया, भगवान तुझे सलामत रखे।"

विनायक दत्तात्रेय अभी भी वही रज़ाई सर्दियों में ओढ़ते और गर्मियों में बिछाते हैं और उसी को ओढ़कर या बिछाकर अपने विवादास्पद और चर्चित नाटक लिखते हुए अपनी और अपने परिवार की दाल-रोटी चलाते हैं।

दिल्ली की दीवार

यह कहानी दरअसल एक ओट है, जिसके पीछे छुपा हुआ मैं एक रहस्य के बारे में आपको बताना चाहता हूँ। क्योंकि जैसी स्थितियाँ हैं, उसमें अफवाहें ही सूचनाओं की शक्ल में आप तक पहुँच रही हैं। और स्थितियाँ ऐसी भी हैं कि पता नहीं कब मैं अपने समय में अचानक अनुपस्थित हो जाऊँ।

पान की दूकान से खुलती सुरंग की नागरिकता, फकीर के आँसू और थूक

मेरे फ्लैट से संजय चौरसिया के पान के ठेले की दूरी आधा किलोमीटर से भी कम थी। उसके ठेले के बगल में ही रतनलाल का चाय का ठेला था। संजय प्रतापगढ़ के पास के एक गाँव बीसीपुरा से दिल्ली आया था और चाय वाला रतनलाल सासाराम से। दोनों की दूकानें ठेले पर इसलिए थीं कि अगर कभी म्युनिसिपैलिटी वाले इधर आसपास दिखें तो फौरन ठेला घसीटते हुए यहाँ से रफूचक्कर हो लिया जाये। हालाँकि मोटरसाइकिल पर गश्त लगाते पुलिस वाले अक्सर उधर से निकलते रहते थे, लेकिन उनसे खतरा कम था क्योंकि उनका हफ्ता बँधा हुआ था। चाय वाला रतनलाल पुलिस को पाँच सौ और संजय साढ़े सात सौ रुपये महीना देता था।

"चैन है। कहीं पक्की दूकान लेते तब भी तो किराया देना ही पड़ता! है कि नहीं? जब आदमी दाल-रोटी खाता है, तो चार गस्से (कौर) कुत्ते को भी तो डालता है। है कि नहीं?"

संजय मुस्कराते हुए कहता। लेकिन जीवन किसका कुत्ते जैसा है? यह मैं सोचने लगता।

वहाँ और भी रेहड़ीवाले थे। दस कदम हटकर साइकिल का पंक्चर लगाने वाला मदनलाल, उसके सामने सड़क की दूसरी ओर मोची देवीदीन, कुछ आगे जाकर स्कूटर और ऑटो की मरम्मत करने और पंक्चर लगाने वाला सन्तोष। सन्तोष सीतामढ़ी से चार साल पहले दिल्ली आया था। मदनलाल और देवीदीन पास से ही, हरियाणा के किसी गाँव से, यहाँ तक आते थे। वे जमीन पर ही अपना ठीया जमाते थे। शाम होते-होते क्वालिटी आइसक्रीम वाला ब्रजेन्दर भी अपना बिजली और ग्लास फाइबर की बॉडी वाला, अंग्रेजी में लिखा, रंगीन ठेला लेकर वहाँ पहुँच जाता था। शाम को वहाँ उबले अंडे बेचने वाली राजवती अपने पति गुलशन और तीन बच्चों के साथ आ जाती थी। उसकी दूकान से कुछ पीछे ईंटों की दीवार का एक अहाता था। वह जगह सुनसान होती थी। रात में वहाँ कार वाले आ जाते और गुलशन से ह्विस्की या रम मँगाते। तब तक शराब की सरकारी दूकानें बन्द हो चुकी होती थीं इसलिए गुलशन साइकिल से जाकर कहीं से ब्लैक में अद्धा या पौवा लाता। कुछ ग्राहक उबले अंडे के अलावा चिकन टिक्का भी मँगाते। अगली लालबत्ती के पास सरदार सत्ते सिंह के ठेले में वह मिलता। गुलशन वह भी लाता। उसे टिप में थोड़ी-सी शराब और कुछ रुपये मिल जाते। राजवती उसको पीने से मना नहीं करती थी, क्योंकि फोकट में मिलने वाली अंग्रेजी शराब, अपने पैसे से खरीदकर मिलने वाले लोकल ठर्रे से लाख गुना अच्छी थी। ठर्रे के पाउच में मिलावट होती थी, जिसे पीकर कई बार लोग या तो अन्धे हो जाते थे या मर जाते थे।

उस जगह पर रिक्शे वाले भी सुस्ताने और सवारियों के इन्तज़ार में आकर खड़े हो जाते थे। इसलिए वहाँ चहल-पहल रही आती। ज्यादातर रिक्शे वाले बिहार और उड़ीसा के होते थे। कुछ दिनों तक अहाते के पास ही नालन्दा से आया हुआ तुफैल अहमद अपनी सिलाई मशीन लेकर बैठने लगा था। तुफैल अहमद के रहने का कोई

ठीक पता-ठिकाना नहीं था, इसलिए उसके पास सिलाई का कपड़ा कोई नहीं छोड़ता था। ज्यादातर स्कूली बच्चों के बस्ते या मजदूरों और रिक्शेवालों की तुरपाई और 'आल्टर' का काम ही उसके पास आता। इन दिनों लगभग पंद्रह-बीस दिनों से वह वहाँ नहीं आ रहा था। कोई कहता था वह बीमार है, कोई कहता वह नालन्दा लौट गया और किसी का कहना था कि यहाँ आते हुए रास्ते में वह किसी ब्लू लाइन बस के नीचे आ गया और मर गया। उसकी सिलाई मशीन थाने के पिछवाड़े पड़ी हुई है।

इसी तरह राजवती के अंडे के ठेले के पास रात में उबला चना मसाला और दिन में छोले कुलचे बेचने वाली नत्थो और उसके पति मांगेराम का पता कई महीने से नहीं चल रहा था। किसी ने बताया था कि मांगेराम के पेट में कैंसर हो गया था, जिसकी दवा-दारू में नत्थो बरबाद हो गयी और उसके मरने के बाद अपने दोनों बच्चों के साथ जमुनापार के किसी कुलचे वाले के पास चली गयी।

यहाँ ऐसा ही होता था। यह किसी नियम जैसा था। यहाँ हर रोज़ आने वाला आदमी अचानक ही एक दिन अनुपस्थित हो जाता और फिर भविष्य में कभी नज़र न आता। इनमें से अधिकांश लोगों का निश्चित पता नहीं होता था कि उनके बारे में कोई जानकारी हासिल की जाये। उदाहरण के लिए राजवती अपने पति गुलशन और बच्चों के साथ यहाँ से चार किलोमीटर आगे, बाइपास के करीब, एक सोलहवीं सदी की इमारत के खँडहर में रहती थी। करनाल और अमृतसर की ओर जाने वाले राष्ट्रीय राजमार्ग से कभी आपने अगर उत्तर की ओर नज़र दौड़ाई हो, जिस तरफ निकासी का गंदा नाला बहता है, तो उसके किनारे उस गोल गुम्बद वाली पुरानी इमारत को आपने ज़रूर देखा होगा। काई लगे मटैले पत्थरों और कत्थई पुरानी ईंटों वाली गुम्बददार टूटी-फूटी इमारत। कोई सोच नहीं सकता कि वहाँ कोई आदमजाद रहता भी होगा। दिल्ली से लाहौर यानी हिन्दुस्तान से पाकिस्तान जाने वाली मशहूर 'सद्भावना' बस इसी हाइवे से होकर गुजरती है।

उस खँडहर में और लोग भी रहते थे। लेकिन ज्यादातर परिवार वाले ही थे। सिर्फ़ दो लोगों को छोड़कर। एक था रिज़वान, जिसका दाहिना पैर और दायाँ हाथ कोढ़ से गल गया था और दूसरा सनेही राम, जो इतना बूढ़ा हो गया था कि नाले के पास ही उगे एक नीम के पेड़ के नीचे दिन भर सोता रहता था। सनेही राम को रामचरितमानस और सूरसागर पूरा याद था। ढोला-मारू की कथा और आल्हा वह ऐसे गले से गाता था कि सुनने वाले को रोमांच हो जाता था। उस खँडहर में रहने वाले परिवारों में से ही कोई न कोई उसे रोटी दे जाता था। रिज़वान सुबह-सुबह बाइपास की तरफ चला जाता, वहीं गोपाल धनखड़ के ठेले में चाय पीता, मट्ठी या बन्द खाता और बस स्टॉप पर बैठ कर शाम तक भीख माँगता। भीख अच्छी मिल जाती थी। रिज़वान के चेहरे पर खिचड़ी दाढ़ी थी और उसका चेहरा देखकर फिल्म काबुलीवाला के बलराज साहनी की याद आती थी।

सोलहवीं सदी के उसी खँडहर में राजवती की बहन फूलो, आज़ादपुर सब्जीमंडी के निकास फाटक पर मूँगफली बेचने वाले जगराज की पत्नी सोमाली और लालकिले के आसपास चरस बेचने वाले मुस्ताक की फुफेरी बहन सलीमन, जो अब उसकी पत्नी भी थी, रहती थीं। वे तीनों धन्धा करती थीं। सोमाली तो खँडहर में ही रहकर, वहाँ अक्सर आ जाने वाले स्मैकिए—तिलक, भूसन और आज़ाद के लाए हुए ग्राहकों को निपटाती थी लेकिन सलीमन और फूलो शाम को रिक्शा लेकर सड़क पर ग्राहकों की खोज में भी घूमती थीं। फूलो कभी-कभी 'पार्टी' में भी रात-रात भर के लिए बाहर जाया करती थी।

फूलो कभी-कभी आज़ाद के साथ सोती भी थी, हालाँकि इसके लिए उसकी बहन राजवती और बहनोई गुलशन ने मना कर रखा था। घर के लोगों के साथ न धन्धा, न उधारी—यह गुलशन कहा करता था। गुलशन, राजवती और फूलो इस खँडहर के निवासियों में सबसे अमीर थे और पिछले साल भर से, जब से फूलो गाँव से यहाँ रहने आ गयी थी और धन्धा करने लगी थी, उनकी कमाई इतनी

बढ़ गयी थी कि वे लोनी बार्डर की तरफ घर बनाने के लिए प्लॉट देखने कई बार जा चुके थे।

"अगर तू वहाँ गयी, तो मैं भी उसी तरफ कोई काम पकड़ लूँगा"—यह आज़ाद ने कहा था, लेकिन पिछले कुछ दिनों से उसका शरीर लगातार काँपता रहता था और रात में वह ऐंठने लगता था। गुलशन ने कहा था, अब यह ज़्यादा दिन नहीं चलेगा। सारे स्मैकियों की यही गत होती है। आज़ाद का चेहरा किसी बच्चे की तरह मासूम था। उसका रंग गोरा था। तिलक कहता था कि आज़ाद फतेहपुर के किसी जमींदार घर का लड़का है। माँ-बाप मर गये तो भाई और भाभी ने सारी जमीन जायदाद पर कब्जा कर लिया। भाई के साले ने ही साजिश के तहत उसे स्मैक की लत लगा दी फिर उसकी ऐसी हालत कर दी कि उसे अपने घर से भागना पड़ा। कहते हैं आज़ाद पहले किताबें बहुत पढ़ता था।

मैंने आज़ाद से देर-देर तक बात की थी। वह बहुत साफ-सुथरी जुबान बोलता था। विदेशी परफ्यूमों और देशी इत्र तथा घोड़ों के बारे में उसकी जानकारी से मैं दंग रह जाता था। किससे कैसी बात की जाय, इसका पूरा इल्म उसे था। स्मैक की लत के अलावा उसके पूरे व्यक्तित्व में दूसरा कोई भी ऐब नहीं था। लेकिन अब पिछले कुछ दिनों से उसका शरीर इस तरह काँपने लगा था, जैसा मलेरिया के तेज बुखार में काँपा करता है। या जैसा परकिंसन रोग में। मैं भीतर-भीतर अच्छी तरह जानता था कि एक दिन जब मैं उस खँडहर की तरफ पहुँचूँगा, तो फूलो, तिलक, भूसन या सलीमन में से कोई कहेगा—"पता है विनायक, चार दिन से आजाद नहीं दिख रहा। चार रोज पहले सवेरे-सवेरे गया था, फिर आज तक लौटा ही नहीं। तुमको तो नहीं दिखा कहीं?"

यही होता है इन सबके साथ। आजाद अब कभी नहीं लौटेगा। लेकिन मैं? मैं विनायक दत्तात्रेय! मैं भी यहाँ कितना सुरक्षित हूँ? मेरे हालात ऐसे हो गये हैं कि मैं एक डरावनी बेरोजगारी में घिरा हुआ घण्टों उसी पनवाड़ी के ठेले के पास बैठा रहता हूँ। निकम्मा, बेचैन और बदहवास।

तो, मैं दरअसल अब उसी जीवन का हिस्सा था। घर लौटने पर बेटे और बीवी की आँखों के ताब का सामना करने की हिम्मत मेरे भीतर नहीं बची थी। रात में जब मेरा बेटा रोटी के कौर मुँह में रख कर धीरे-धीरे चबाता तो मुझे लगता, वह किसी अँधेरे की सीढ़ियाँ उतर रहा है और मैं अब भविष्य में उसका चेहरा कभी नहीं देख पाऊँगा। मेरे भीतर की आत्मा जैसी चीज चुपचाप रोती। मैं इस दुर्भाग्य के लिए जितनी बार अपने भीतर कमियाँ ढूँढ़ने की कोशिश करता, यकीन मानिए, मुझे सारी खामियाँ इस समूचे तन्त्र में दिखाई पड़तीं, जिसको बनाने में निश्चित ही किन्हीं शैतानों का हाथ था।

यह तय था कि अचानक एक किसी दिन मैं भी इस नुक्कड़ पर दिखना बन्द हो जाऊँगा। जिन्नातों और दौलतमन्दों के इस शहर दिल्ली से ऐसे ही गायब होते हैं दरवेश, गरीब, बीमार और मामूली लोग। फिर वे कभी नहीं लौटते। वे कहीं नहीं लौटते। इस शहर में उनकी स्मृतियाँ तक नहीं बाकी रहतीं।

वे किसी बदकिस्मत फकीर के आँसू की तरह होते हैं, जो जब जाता है, तो उस जगह की ज़मीन पर, जहाँ उसका वज़ूद होता था, सिर्फ़ एक छोटी-सी नमी और थोड़ा-सा गीलापन छोड़ जाता है। यह नमी उसके वक़्त के अन्याय के बरक्स उसके खामोश आँसुओं और थूक की होती है।

इतिहास की खण्डित मूर्तियाँ और कोरोनेशन पार्क से निकलता विशाल झुण्ड

लेकिन लगता है, हम भटक गये थे। बात मेरे फ्लैट से थोड़ी ही दूर, नुक्कड़ के संजय चौरसिया के पान ठेले की चल रही थी और हम इधर बाइपास के करीब 16वीं सदी के खँडहर तक आ पहुँचे। लेकिन असलियत यही है कि अगर आप अपने फ्लैट से बाहर निकल कर किसी भी नुक्कड़ की ज़िन्दगी को गौर से देखें तो आप धीरे-धीरे एक ऐसी सुरंग में दाखिल हो जायेंगे, जहाँ एक बिल्कुल अलग ही आबादी बसती है। यहाँ एक अलग तरह की नागरिकता का निवास

होता है। यहाँ के हादसों और घटनाओं की कोई ख़बर अख़बारों में नहीं छपती। दरअसल अख़बार होते ही इसीलिए हैं कि वे यहाँ की ख़बरों और हादसों को छुपाएँ।

अगर आप दिल्ली में हैं और कोई ऐसा जीवन जी रहे हैं, जिसमें अक्सर रात भर नींद नहीं आती और आप अचानक तीन या चार बजे उठकर सड़कों पर यों ही भटकने लगते हैं, तो आपने कभी-न-कभी 'किंग्स वे कैंप' से राजघाट की ओर जाने वाली सड़क का दृश्य ज़रूर देखा होगा। किंग्स वे कैम्प का नाम अब बदलकर विजयनगर कर दिया गया है। अगर आप विजयनगर चौराहे से अन्दर की ओर, निरंकारी कॉलोनी या मुखर्जी नगर जाने वाली सड़क पर चलें, तो धीरे-धीरे उस उजाड़-सी जगह तक पहुँच जायेंगे, जिसे 'कोरोनेशन पार्क' के नाम से जाना जाता है। हालाँकि अब उसे एक खूबसूरत बड़े से पार्क में बदल दिया गया है, लेकिन यही वह जगह है, जिसके आधार पर यह इलाका 'किंग्स वे कैम्प' के नाम से जाना जाता है।

कहते हैं कि अंग्रेजों के जमाने में जब जार्ज पंचम या चार्ल्स, पता नहीं दोनों में से कौन, हिन्दुस्तान आये थे, तो यहाँ के देशी रियासतों के राजा-रजवाड़ों के कैम्प इसी जगह पर लगे थे। वे विलायत के अपने सम्राट का स्वागत करने यहाँ इकट्ठा हुए थे। कहते हैं कि वह स्वागत कुछ-कुछ वैसा ही था, जैसा अभी कुछ साल पहले अमेरिका के प्रेसिडेंट बिल क्लिंटन का स्वागत था। इसी जगह पर देशी रियासतों के राजा-रजवाड़ों ने अपने अंग्रेज सम्राट का राज्याभिषेक किया था, जिसे अंग्रेजी में 'कोरोनेशन' कहते हैं और विलायती सम्राट ने यहाँ जो भाषण दिया था, उनके जाने के बाद उसे राष्ट्रीय अभिलेखागार में रख दिया गया था। भाषण की उस प्रति को हिन्दुस्तान के इतिहास का एक अहम दस्तावेज़ माना जाता है। इसके अलावा, सम्राट की एक मूर्ति इंडिया गेट के बीचोंबीच एक खूबसूरत छतरी के नीचे खड़ी कर दी गयी थी। बाद में, जब 1947 में अंग्रेज इंगलैंड लौट गये, तो वह मूर्ति, अंग्रेज हुक्मरानों की दूसरी तमाम मूर्तियों के साथ, इसी किंग्स वे कैम्प के कोरोनेशन पार्क में रख दी गयी।

आजादी के बाद के सालों में यह पार्क धीरे-धीरे भिखमंगों, पागलों, कोढ़ियों, लूले-लँगड़ों, नशेड़ियों और लावारिस अनागरिक मनुष्यों की आवारा आबादी का अड्डा बन गया। चूल्हा, चक्की, घन, हथौड़ा, सिल-बट्टा और पता नहीं किन-किन ज़रूरतों को पूरा करने के लिए इन लोगों ने सम्राट् समेत सारे अंग्रेज हुक्मरानों की मूर्तियों के अंग-भंग कर डाले। कोई सम्राट का सिर तोड़कर ले गया, कोई हाथ, कोई पैर। बाकी मूर्तियाँ भी अब सिर्फ़ डरावने धड़ों के रूप में यहाँ-वहाँ ज़मीन पर बेतरतीब उगी जंगली घास और झाड़ियों के बीच, बिखरी पड़ी थीं। रात घिरते ही समूची दिल्ली के कोने-कोने से ऐसे लोगों की आबादी इस पार्क में सिमट आती और जगह-जगह बिखरी इन्हीं खण्डित मूर्तियों के बीच सो कर, रात गुजारती।

तो, जैसा मैंने कहा कि अगर आप दिल्ली में हैं और एक ऐसी ज़िन्दगी जीते हैं, जिसमें अक्सर आशंकाओं की कोई अन्तहीन डरावनी फिल्म सारी रात आपके दिमाग के भीतर चलती रहती है और किसी बेचैनी और बदहवासी में घिर कर आधी रात या बिल्कुल तड़के आप यहाँ की सड़कों पर बेमकसद भटकने लगते हैं तो आपने किंग्स वे कैम्प के कोरोनेशन पार्क से निकलकर धीरे-धीरे मालरोड पर राजघाट की ओर रेंगते मनुष्यों के उस अपार झुण्ड को ज़रूर देखा होगा। रात का अँधेरा अभी पूरी तरह मिटा नहीं होता, सुबह का कोहरा दृश्य में एक धुँधला रहस्य भरता रहता है और आप देखते हैं कि फेलिनी या अन्तोनियोनी की किसी फिल्म के किसी सुर्रियलिस्ट शॉट की तरह टूटे-फूटे, विकलांग, अपाहिज, क्षत-विक्षत, आधे-अधूरे मनुष्यों का विशाल झुण्ड राजधानी की ओर चुपचाप बढ़ रहा है।

लगता है पिछली सदी के किसी महायुद्ध में किसी शहर पर हुई भयावह बमबारी के बाद जीवित बचे घायल और विकलांग लोगों की आबादी उस संहार के मलबे से निकल कर किसी सुरक्षित जीवन की शरण की ओर बढ़ रही है। किसी अन्तिम अरण्य की ओर।

यहाँ से रेंगते हुए, वे सूरज के निकलते-निकलते, समूची राजधानी के कोने-कोने में बिखर जाते हैं। उन्हें आप स्टेशन, बस अड्डे से लेकर

दरगाहों, मन्दिरों और शहर के हर चौराहे और पटरियों पर देख सकते हैं। यह आबादी झुग्गियों में रहने वाली आबादी से बिल्कुल अलग है और उसकी जनसंख्या आजादी के बाद लगातार बढ़ती गयी है।

संजय चौरसिया के पान वाले ठेले के पास के नुक्कड़ पर कभी-कभार रंगीन काग़ज़ के फूल और हवा में घूमने वाली फिरकियाँ बेचने वाली कानी और सफेद कोढ़ से भरे चित्तीदार चेहरे वाली रुपना मंडल भी किंग्स वे कैम्प के उसी कोरोनेशन पार्क से आती है। उसके साथ-साथ कभी-कभी आने वाला बिना बाँहों वाला सात-आठ साल का बच्चा सोहना भी उसी अनधिकृत आबादी का हिस्सा है।

तो देखा न आपने कि कैसे संजय चौरसिया के पान ठेले वाले नुक्कड़ से जो सुरंग शुरू होती है, वह बाइपास के खँडहर से होती हुई किंग्स वे कैम्प तक और फिर वहाँ से समूची राजधानी के कोने-कोने तक विस्तृत हो जाती है। अगर आप इस सुरंग में दाखिल हो जायें और चुपचाप चलते चले जायें, तो आप पायेंगे कि यह सुरंग जमीन के भीतर-भीतर पूरे मुल्क और समुद्र के भीतर-भीतर से गुज़रती हुई समूची दुनिया तक फैलती जाती है। यह एक अलग प्रकार का भूमंडलीकरण है, जो इतने अदृश्य और गोपनीय तरीके से हो रहा है कि इसके बारे में कोई भी समाजशास्त्री अभी ज्यादा नहीं जानता। जो जानते हैं, वे चुप रहते हैं और आने वाले समय का इन्तज़ार कर रहे हैं। लेकिन महत्त्वपूर्ण यह है कि इस सुरंग की शुरुआत संजय चौरसिया की जिस दूकान से होती है, वह दूकान मेरे फ्लैट से बस कुछ ही कदमों की दूरी पर है।

बिल्कुल मुमकिन है कि आप अपने फ्लैट या अलग-थलग बने किसी मकान से बाहर निकलकर किसी ऐसे ही ठेले या रेहड़ी के पास के जमघट को गौर से देखें तो इस सुरंग का कोई मुहाना आपको भी मिल जाये।

रामनिवास से भेंट और रहस्य की शुरुआत

इसी नुक्कड़ पर मेरी मुलाकात रामनिवास पसिया से हुई थी। वह इलाहाबाद के हंडिया तहसील के एक गाँव शाहीपुर से बीस साल

पहले अपने पिता बबुल्ला पसिया के साथ दिल्ली आया था। बबुल्ला पहले रोहतक रोड के एक ढाबे में बरतन माँजने का काम करता था, फिर आगे चलकर उसने तन्दूरी रोटी बनाने और दाल सब्जी में तड़का लगाने का काम सीख लिया। पाँच साल पहले उत्तर-पश्चिम दिल्ली के समयपुर बादली गाँव की झुग्गी बस्ती में उसने भी अपनी एक झुग्गी डाल ली थी और इस तरह उसका परिवार दिल्ली का निवासी बन गया। हालाँकि वह बस्ती, जहाँ उसकी झुग्गी थी, अनधिकृत बस्ती थी और कभी भी उस पर म्युनिसिपैलिटी का बुलडोज़र चल सकता था लेकिन पिछले साल चुनावों के बाद राशन कार्ड बन जाने के बाद यह उम्मीद बन गयी थी कि अब उन्हें यहाँ से हटाया नहीं जायेगा।

रामनिवास पसिया की उम्र मुश्किल से सत्ताइस-अट्ठाइस साल की थी। इस इलाके के पार्षद रामलाल शर्मा की सिफारिश से उसे नयी दिल्ली नगरपालिका में अस्थायी सफाई कर्मचारी का काम मिल गया था। उसकी ड्यूटी दक्षिणी दिल्ली के साकेत इलाके में लगी थी। सुबह आठ बजे एक झोले में वह प्लास्टिक की टिफिन के भीतर रोटियाँ रखकर डी. टी. सी. की बस से धौलाकुआँ के लिए निकल जाता और फिर वहाँ से दूसरी बस लेकर साकेत पहुँचता। दफ़्तर में हाज़िरी लगाने के बाद वह अपनी झाड़ू और सफाई का दूसरा सामान लेकर उस इलाके में पहुँच जाता, जहाँ उसकी ड्यूटी होती। दोपहर भूख लगती, तो किसी कुलचे वाले से दो रुपये के छोले लेकर घर से लाई रोटी के साथ भरपेट खा लेता। रोटियाँ उसकी पत्नी बबिया बनाती थी। बबिया से उसकी शादी तब हुई थी, जब उसकी उम्र सत्रह वर्ष की थी। अब वह दो सन्तानों का पिता बन चुका था। एक बेटा और एक बेटी। अगर एक बेटा मर न गया होता, तो यह संख्या तीन होती।

रामनिवास से मेरी मुलाकात संजय के ठेले के पास ही हुई थी। हमारे इलाके में उसके अक्सर आने की एक खास वज़ह थी। दरअसल उसका सुषमा नाम की लड़की से कुछ चक्कर चल रहा था। सुषमा घरों में बरतन-कपड़े का काम करती थी और समयपुर बादली से

रोज यहाँ आती थी। रामनिवास उसके साथ-साथ कई बार आ जाता और जब तक वह घरों में काम करती, तब तक वह संजय के ठेले से बीड़ी या सिगरेट खरीदकर सुट्टे खींचता या रतनलाल के ठेले पर चाय पीता। सुषमा की उम्र मुश्किल से सत्रह-अट्ठारह साल की रही होगी, यानी वह रामनिवास से कम से कम दस वर्ष छोटी थी। साँवले रंग के रामनिवास का शरीर इकहरा था और अगर फिल्मी एक्टर जितेन्द्र थोड़ा काला, दुबला और गरीब हो जाता तो वह बिल्कुल रामनिवास की तरह ही दिखता। सुषमा उसे पसन्द करती थी, यह दोनों को साथ देखने से ही पता चल जाता था।

रामनिवास के साथ जो किस्सा जुड़ा हुआ है, उसी में वह रहस्य है, जिसे मैं आपको बताने जा रहा हूँ। आपसे मेरी प्रार्थना यही है कि आप किसी को भी यह न बताएँ कि इस रहस्य की जानकारी आपको किसने दी है। आप तो जानते ही हैं कि पहले से ही तमाम संकटों में घिरा हुआ मैं, इसके बाद कितने बड़े जोखिम में फँस जाऊँगा।

सुषमा को कल भी मैंने देखा था। वह आज भी हमारे इलाके के कई घरों में काम करती है। वह अभी भी पहले की तरह ही हर रोज़ यहाँ आती है।

लेकिन रामनिवास?

रामनिवास कई महीने से इस नुक्कड़ पर नहीं दिखा। अब वह कहीं नहीं दिखेगा। सुषमा भी उसका कोई जिक्र नहीं करती। मैंने पहले ही बताया था कि यह एक ऐसा जीवन है, जिसमें कभी भी, हर रोज़ दिखाई देने वाला आदमी, एक दिन अचानक अनुपस्थित हो जाता है। फिर वह कभी नहीं दिखता। बाद में उसकी स्मृति भी बाकी नहीं बचती। अगर आप उसे खोजना भी चाहें तो उस ज़मीन पर, जहाँ कभी उसका अस्तित्व हुआ करता था, वहाँ पर थोड़ा-सा गीलापन, जरा-सी नमी भर आपको मुश्किल से मिलेगी, जो इस तथ्य का प्रमाण होगी कि इस जगह पर कभी न कभी एक मनुष्य का जीवन जरूर हुआ करता था, जो अब नहीं रहा। जो अब कभी नहीं होगा।

मैं आपको उसी रामनिवास के बारे में संक्षेप में बताना चाहता हूँ। यानी रामनिवास के न होने का साधारण-सा वृत्तान्त। और इसी में उस रहस्य का पहला छोर मौजूद है, जिसे जानना, इस समय हम सबके लिए, बहुत ज़रूरी है।

पिछले से पिछले साल की मई की पच्चीस तारीख थी। दिन था मंगलवार। उस रोज़ हमेशा की तरह रामनिवास सुबह साढ़े सात बजे अपने घर से तैयार होकर साकेत जाने के लिए निकला। उसके घर से साकेत की दूरी लगभग 42 किलोमीटर थी। उसकी पत्नी बबिया ने उसके झोले में आज रोटियों वाले प्लास्टिक के टिफिन डिब्बे के अलावा स्टील का एक डिब्बा और भी रखा था। उसमें आलू और छोले की मसालेदार सब्जी थी, जो रामनिवास को बहुत पसन्द थी। रामनिवास जब बस स्टॉप पहुँचा तो वहाँ सुषमा पहले से ही खड़ी थी। उसने आज अपना लाल चित्तियों वाला सलवार-सूट पहन रखा था और चेहरे पर क्रीम लगा रखा था। वह सुन्दर लग रही थी।

पिछले हफ्ते, शनिवार के दिन वह रामनिवास के साथ पहली बार फिल्म देखने अल्पना सिनेमा गयी थी और इंटरवल में दोनों ने बाहर चाट-पापड़ी खाई थी। सिनेमा हाल के भीतर और बाद में घर लौटते हुए बस में, रामनिवास उसके साथ लगातार सटा जा रहा था। वह उसे हामी भरने के लिए ज़िद कर रहा था। सुषमा लगातार टाल रही थी, लेकिन बस से उतरकर जब वह अपने घर जा रही थी, तो मोड़ पर रामनिवास ने कहा था कि अगर वह मंगलवार को सवेरे इस बस स्टॉप पर नहीं मिली तो सब खतम। मतलब कि वह रामनिवास को पसन्द नहीं करती।

आज मंगलवार ही था। हर रोज़ सुबह नहाने के बाद वह बबिया से रात की बची बासी रोटी माँग कर खा जाता था। आज उसके पेट में भूख की जगह एक अजब-सी बेचैनी भरी हुई थी, जिसे वह बबिया से छुपाने की लगातार कोशिश कर रहा था। घर से निकलते हुए उसका दिल डूब-सा रहा था। रामनिवास को अक्सर सन्देह रहता था कि सुषमा उसको लेकर कई तरह की दुविधाओं से गुज़र रही है।

इसीलिए आज उसे बस स्टॉप पर पहले से खड़ा देखकर वह इतना ज़्यादा खुश हुआ था कि सुषमा से बस की बजाय ऑटोरिक्शा से चलने की ज़िद करने लगा। बहुत ज़िद करने पर भी सुषमा इसके लिए तैयार नहीं हुई। "फालतू पैसा फेंकने और कमाई में आग लगाने से क्या फायदा? ऐसे ही चलते हैं।" ऐसा सुषमा ने कहा। रामनिवास इससे निराश हुआ क्योंकि उसका इरादा ऑटोरिक्शा की पिछली सीट पर सुषमा से चिपकने और उससे छेड़-छाड़ करने का था। इसके बावजूद चूँकि सुषमा ने आज बस स्टॉप पर आकर एक तरह से रामनिवास के लिए हामी भर लेने का सिग्नल दे दिया था, इसलिए उसका दिल बल्लियों उछल रहा था। वह सचमुच बहुत खुश था। उसे अपनी अब तक की ज़िन्दगी बदली हुई लग रही थी।

अपनी पत्नी बबिया से उसकी हर रोज चखचख होती रहती थी। वह बच्चों को सँभालने और घर के काम से ही फुरसत नहीं पाती थी। दोनों बच्चों में से कोई न कोई हमेशा बीमार रहा आता था। बड़े वाले रोहन को तो उसने शायद ही कभी हँसते और खेलते-कूदते देखा हो। बबिया को रामनिवास की तनख्वाह भी कभी पूरी नहीं पड़ती थी। हालाँकि इसमें दोष बबिया का नहीं, उनके परिवार की जरूरतों का था, फिर भी रामनिवास को गुस्सा बबिया पर ही आता। "तुम्हारे हाथ में बरकत नहीं है। गोपाल को देखो। चार बच्चे हैं। माँ-बाप हैं। ऊपर से नाते-रिश्तेदार जमे ही रहते हैं। मुझसे कम तनख्वाह है लेकिन तब भी मजे से गुजारा चलता है। और इधर तुम! दिन-रात हाय हाय। हाय हाय।" यह वह अक्सर बबिया से कहता। बबिया चुप रहते हुए ऐसी आँख से उसे घूरती, जो सारे दिन रामनिवास के दिमाग के भीतर चुपचाप सुलगती रहती। उसी आँख के कारण वह एक-एक पैसा अपने दाँतों में दबाता। भूख लगती तो पेट मसोस लेता। चाय की तलब होती तो किसी के पास तरह-तरह से जुगाड़ जमाता। डी. टी. सी. में अक्सर बिना टिकट सफर करता। वह बबिया की, उसके दिमाग के भीतर हर पल सुलगती आँख ही थी, जिसके कारण रामनिवास कभी हँस न पाता।

उस मंगलवार को रामनिवास ने सुषमा से कहा कि आज वह ड्यूटी से ज़ल्दी लौट आयेगा इसलिए वह आज दो बजे तक संजय के ठेले के पास उसका इन्तज़ार कर ले। दोनों साथ-साथ वापस लौटेंगे। सुषमा ने हालाँकि पहले तो कहा कि वहाँ पर इन्तज़ार करना उसे अच्छा नहीं लगता क्योंकि स्कूटर मेकेनिक सन्तोष उसके साथ ऐसी-वैसी बात करता है और संजय भी मसखरी करता है लेकिन बाद में वह इसके लिए तैयार हो गयी। लेकिन आज पहली बार सुषमा ने रामनिवास से धीरे से यह कहा कि वह साकेत से लौटते हुए, अनुपम सिनेमा के पास से मिर्ची पकौड़ा जरूर ले आये। रामनिवास कई बार उससे वहाँ के मिर्ची पकौड़ा का ज़िक्र कर चुका था। सुषमा ने जब आज उससे ऐसा कहा तो रामनिवास को उसकी आवाज़ में उस पर हक जमाने जैसा अपनापन लगा, जो उसको अच्छा लगा। उसने, "हाँ-हाँ। देखूँगा-देखूँगा।" कहकर बड़ी मुश्किल से उस अच्छा लगने को सुषमा से छिपाया।

झाड़ू की मूठ, कोठी का जिम सेंटर और गुरु को घूरता मंगल

रामनिवास उस दिन काफी खुश था और फिल्म 'कुछ कुछ होता है' का गाना गा रहा था। उसने दफ़्तर में अपनी हाज़िरी लगाने के बाद चोपड़ा साहब से कहा कि आज वह जल्दी घर चला जायेगा क्योंकि बीवी की तबीयत खराब है और उसे अस्पताल ले जाना है। चोपड़ा साहब उस दिन आसानी से मान गये थे, जब कि हमेशा वे इसमें चिखचिख करते थे और छुट्टी की अप्लिकेशन देने की ज़िद करते थे। 'आज का दिन बहुत किस्मत वाला है।' ऐसा रामनिवास ने मन में सोचा।

वह एक कोठी का बड़ा-सा हाल था, जिसमें वह झाड़ू लगा रहा था। इसमें झाड़ू लगाना उसकी ड्यूटी में शामिल नहीं था क्योंकि वह कोठी सरकारी नहीं थी लेकिन चोपड़ा साहब ने कहा था कि चूँकि उस कोठी में साहब लोग और उनके बीवी-बच्चे कसरत के लिए और अपना मोटापा कम करने के लिए रोज़ जाते हैं, इसलिए रामनिवास उसको भी साफ कर दिया करे।

दरअसल वह एक जिम सेंटर था। उसमें पेट घटाने, चर्बी छाँटने, कमर पतली और मोटापा दूर करने वाली तरह-तरह की मशीनें रखी थीं। साकेत में रहने वाले बड़े लोग और उनके परिवार के सदस्य उसमें सुबह-शाम आ जाते और वहाँ घण्टों चहल-पहल रहती। इसी कोठी की पहली मंजिल पर एक ब्यूटी पार्लर और एक मसाज सेंटर भी खुल गया था। अधेड़ और अधबूढ़े रईस मसाज सेंटर में आकर अपनी मालिश कराते और कभी-कभी उनमें से कुछ लड़कियों को अपनी कार में बाहर भी ले जाते। उसने कई पुलिस अफसरों और नेता लोगों को भी यहाँ आते देखा था।

सुनीला नाम की लड़की बाहर जाने का पाँच हजार लेती थी, ऐसा सामने की नुक्कड़ के चाय वाले गोविन्द ने बताया था। "पता नहीं साले, साहब लोग यहाँ क्या-क्या करते हैं। रात भर पार्टी चलती है। आसपास की कोठियों की कई लड़कियाँ और लड़के इसमें रात में आते हैं।" गोविन्द ने बताया था। इस जिम सेंटर से उसकी आमदनी बढ़ गयी थी क्योंकि रात में अक्सर पेप्सी और सोडा की माँग वहाँ से होती। वे लोग रात में वहाँ मौज-मस्ती करते और शराब पीते। यही वजह थी कि रामनिवास को सफाई के दौरान वहाँ के बाथरूम में कई बार ऐसी ऊटपटाँग चीजें मिल जातीं, जिन्हें ठिकाने लगाना भी आसान न होता।

'क्या ज़िन्दगी है साहब लोगों की। खा-खा के फूल गये हैं और चर्बी ही छाँटे नहीं छँटती। और कहाँ अपन! गन्दे नाले की मछली खा लेने से एक बेटे की मौत हो गयी। दूसरा दवाई के भरोसे साँस खींच रहा है।' रामनिवास ने सोचा। तभी उसे सुषमा की याद आयी। वह दो बजे तक संजय के ठेले पर उसका इन्तज़ार करेगी। जल्दी-जल्दी सारा काम निपटाने के फेर में वह लग गया।

रामनिवास जिम सेंटर के बड़े से हाल की फर्श पर झाड़ू लगा रहा था। झाड़ू की मूठ पर बँधी सुतली की कसान ढीली पड़ गयी थी इसलिए झाड़ू की सींकें बार-बार खिसक जाती थीं। रामनिवास परेशान हो रहा था। उसने हाल की दीवाल पर, झाड़ू की सींकों को

बराबर करने के लिए, उसकी मूठ को ठोंका तो चौंक पड़ा। उसने दीवाल को दुबारा ठोंका तो उसका शक पक्का हो गया। अजब बात थी, ठोंकने पर दीवाल से खट्-खट् की नहीं धप्-धप् की आवाज़ आ रही थी। इसका मतलब था कि दीवाल वहाँ पर खोखली थी। उसके भीतर पोल था, बस ऊपर से पलस्तर चढ़ा दिया गया था। जिस जगह वह दीवाल थी, वहाँ दो कुर्सियाँ, एक मेज और जूट के दो बोरे रखे हुए थे। रामनिवास ने उन्हें खिसकाकर जगह बनाई और झाड़ू की मूठ को जोरों से दीवाल की उस जगह पर ठोंकने लगा।

जैसा कि होना ही था। पलस्तर में पहले दरारें पड़ीं फिर उसके चिलठे उखड़ने लगे। देखते-देखते एक बड़ा-सा छेद वहाँ खुल गया। फिनाइल या गैमेक्सिन की तेज़ गन्ध वहाँ से छूट रही थी। रामनिवास ने उसके भीतर झाँककर देखा तो उसकी साँसें थम गयीं। वह जड़ रह गया। बाप रे! अन्दर नोट ही नोट थे। सौ-सौ और पाँच-पाँच सौ की गड्डियाँ।

उसने अपनी आँखें छेद के और नज़दीक सटाईं। दीवार के भीतर का पोल बहुत बड़ा था। कोई लम्बी सुरंग जैसा खोखल उस दीवाल के भीतर मौजूद था और उसमें दूर-दूर तक नोटों की गड्डियाँ भरी हुई थीं। यहाँ से वहाँ तक। आगे जहाँ अँधेरा गहरा होता जाता था, उसमें वे गड्डियाँ डूब रही थीं। अँधेरे की कालिख उन्हें अपने भीतर छुपा रही थी। रामनिवास का दिल ज़ोरों से धड़कने लगा। उसने डरते हुए इधर-उधर नज़र दौड़ाई। आस-पास कोई नहीं था। सिर्फ़ वह था। अकेला। और साकेत की उस कोठी नम्बर ए-11/डीएक्स 33 के जिम सेंटर के बड़े से हाल की वह दीवाल उसके सामने थी, जिसमें एक ऐसा खोखल उसकी झाड़ू की मूठ की ठोकर से अचानक खुल गया था, जिसमें अनगिनत नोटों की गड्डियाँ भरी पड़ी थीं।

काला धन...काला धन..., काला, काला, काला उसके कानों में जैसे कोई फुसफुसा रहा था। उसके शरीर का रोयाँ-रोयाँ सिहर रहा था। जिस चीज़ के बारे में वह सिर्फ़ सुना करता था, इस समय वह उसकी आँख के ठीक सामने, साँस भर की दूरी में, साक्षात् मौजूद

था। यह न कोई सपना था, न कोई किस्सा। यह एक सच्चाई थी, जो संयोग से उसकी आँख के सामने इस वक्त मौजूद थी।

रामनिवास कुछ देर तक चुपचाप खड़ा सोचता रहा फिर उसने उत्तरी कोने की मेज पर रखा अपना झोला उठाया और इधर-उधर अच्छी तरह देखकर पाँच-पाँच सौ के नोटों की दो गड्डियों को उसमें डाल लिया। इसके बाद उसने उस खोखल को ढँकने के लिए वहीं पड़े जूट के बोरे को खिसकाकर सटा दिया और उसके सामने मेज़-कुर्सी लगा दी, जिससे किसी को उसके बारे में पता न चले। फिर उसने फर्श पर अच्छी तरह से झाड़ू लगाकर, पलस्तर की झाड़न और धूल-गर्द को साफ किया और इत्मीनान से बाहर निकलकर गोविन्द की दूकान पर आ गया। वहाँ उसने एक कप कड़क चाय पी और दो मट्ठियाँ खाईं।

"आज गर्मी कुछ ज्यादा ही बढ़ गयी लग रही है। कल तो फिर भी ठीक था।" उसने गोविन्द से कहा। गोविन्द ज्यादा बात करने के मूड में नहीं था क्योंकि तभी वहाँ एक जीप आकर खड़ी हो गयी थी, जिसमें बैठे लोगों ने पाँच चाय और पाँच मट्ठी का ऑर्डर दिया था। जीप सरकारी थी।

"गर्मी तो अभी और बढ़ेगी" गोविन्द ने सिर्फ़ इतना कहा और पतीले में चाय उबालने लग गया। अभी तक सिर्फ़ साढ़े ग्यारह बजे थे और इस इलाके की सफाई का आधा काम अभी भी बाकी था। लेकिन रामनिवास वहाँ से सीधा अपने दफ़्तर पहुँचा, झाड़ू जमा किया और यह कह कर कि बीवी की तबीयत काफी बिगड़ गयी है, घर से फोन आया है, वह निकल गया।

नोटों के एक बंडल में दस हजार रुपये थे। यानी रामनिवास के झोले में इस समय बीस हजार रुपये मौजूद थे। इतने रुपये इकट्ठा उसने अपने जीवन में कभी नहीं देखे थे। वह डर रहा था इसलिए साकेत से रोहिणी तक की बस के सफर में उसने झोले को कसकर अपने पेट से चिपकाए रखा। अगर किसी भी व्यक्ति के पास थोड़ी फुर्सत होती और वह रामनिवास के चेहरे पर गौर करता तो जान

सकता था कि वह कितनी घबराहट और तनाव की हालत में है।

बस स्टॉप से रिक्शा लेकर जब वह संजय के ठेले पर पहुँचा तो सुषमा वहाँ खड़ी थी और स्कूटर मेकेनिक सन्तोष से हँस-हँस कर बात कर रही थी। रामनिवास को थोड़ा-सा गुस्सा आया लेकिन उसे देखते ही जब सुषमा ने कहा कि "कहाँ की तिजोरी हाथ लग गयी? रिक्शे की ऐश हो रही है आज तो।" तो वह घबड़ा गया।

सुषमा ने फिर पूछा, "तुमने तो दो बजे आने को कहा था। इतनी जल्दी छुट्टी कैसे मिल गयी? अभी तो एक भी नहीं बजा।" तो रामनिवास हँस पड़ा।

सुषमा को देखकर और सम्भवतः उस जगह तक पहुँचकर उसे कुछ तसल्ली-सी हो रही थी। उसकी घबराहट अचानक कम हो गयी थी।

स्वप्न में ऑटोरिक्शा और मजेदारी का अनोखा पेड़

"भाग आया मैं जल्दी।" उसने कहा और सुषमा को देखकर हँसने लगा। सुषमा भी हँसने जा रही थी, लेकिन अचानक उसे लगा कि रामनिवास के ऐसा कहते ही संजय और सन्तोष उसकी ओर देखने लगे हैं, तो वह पहले की तरह ही रही आयी।

"चाय पियोगे तुम लोग?" रामनिवास ने जब सन्तोष और संजय से पूछा तो दोनों को ताज्जुब हुआ। "बात क्या है भाई आज तो! ओ.टी. मिला लगता है!" सन्तोष ने कहा। सुषमा को भी थोड़ा आश्चर्य हुआ क्योंकि रामनिवास को पैसे के मामले में वह मक्खीचूस मानती थी। चाय या बीड़ी के लिए जब वह लोगों के सामने तरह-तरह की हरकतें करता, तो उसे अच्छा नहीं लगता था। लेकिन रामनिवास ने उस दिन संजय और सन्तोष को ही नहीं, मोची देवीदीन और साइकिल वाले मदन को भी एक-एक स्पेशल चाय पिलाई।

सुषमा ने बहुत मना किया कि पैसे में क्यों आग लगाते हो लेकिन रामनिवास नहीं माना। उसने एक ऑटोरिक्शा किराए पर लिया और सुषमा के साथ करोलबाग, कमला नगर, दीप मार्केट घूमता रहा। सुषमा को उसने पेप्सी पिलाई, चाट पापड़ी खिलाई, करोलबाग से

उसके लिए एक लेडीज़ पर्स खरीदा और कमला नगर के कोल्हापुर रोड से उसके लिए पाँच सौ का सलवार-सूट और एक जोड़ी चुन्नी खरीद कर दी। सुषमा को यह सब कुछ स्वप्न जैसा लग रहा था। जब-जब रामनिवास की ओर वह देखती या वह उसे छूता, खुशी का एक तेज झरना अचानक फूट कर उसको भीतर-बाहर से नहला डालता। कल तक का उदास और परेशान रामनिवास, जिसके बारे में कई बार वह सोचने लगती थी कि वह उससे मिलना-जुलना बन्द कर देगी, आज किसी अविश्वसनीय, सुख और कई-कई रंगों से भरे, सपने के नायक में बदल गया था। हालाँकि उसकी दाढ़ी अभी भी बेतरतीब बढ़ी हुई थी, ठूँठ उग रहे थे और मुँह से बीड़ी की तेज बास आ रही थी, लेकिन स्कूटर की पिछली सीट पर जब-जब वह उसे चूमता, सुषमा को लगता जैसे फूलों के किसी बगीचे ने उसे अपने भीतर समेट लिया है।

सुषमा नहीं जान पायी कि रामनिवास में ऐसा आश्चर्यजनक परिवर्तन हुआ कैसे। उसे लगता आज मंगलवार को समयपुर बादली के बस स्टैंड पर आकर उसने एक अच्छा काम किया, जबकि आने न आने के बारे में वह रात भर सोचती रही थी। उसका फैसला आख़िर ठीक ही निकला क्योंकि अब वह यही सोच कर खुशी से सिहर उठती थी कि दुनिया में कोई उसे इतना प्यार करने वाला मौजूद भी है। और इस समय वह उसी के साथ है। रामनिवास उसे बहुत भोला और उसके लिए किसी छोटे-से बच्चे की तरह व्यग्र लग रहा था। सुषमा जब कुछ दिनों के बाद रामनिवास के साथ सोने लगी और बाद में उसके बच्चा भी ठहरा, जिसे उन्होंने नाहरपुर के मित्तल क्लिनिक में गिरवाया, तब भी उस दिन की ऑटोरिक्शा की यात्रा उसकी स्मृति में हमेशा रही आयी। यह एक स्वप्न था, जिसमें सुषमा और रामनिवास दो साल पहले, मई महीने की 23 तारीख के उस मंगलवार को अचानक प्रवेश कर गये थे, जिस मंगलवार को रामनिवास को साकेत की कोठी नम्बर ए-11/डीएक्स 33 की दीवाल की खोखल में छुपे हुए रुपये मिले थे।

हर खुशी की जड़ नोटों में ही छुपी होती है, वहीं से मज़ेदारी का पेड़ पनपता है, जिसमें सुख और मस्ती के फल लगते हैं। नोटों की गड्डियों में ही शायद आदमी की सारी अच्छाइयाँ भी बन्द होती हैं। रामनिवास अक्सर सोचने लगता। वह अब बिल्कुल नया आदमी बन चुका था। उसके रहने-सहने का ढंग बदल गया था। पहले के गरीब, फटीचर और उदास जितेन्द्र की जगह अब वह चमकदार, रंगीन और बातूनी गोविन्दा नजर आने लगा था, जिसके दाँत हमेशा निकले रहते थे। उसके घर की भी हालत सुधर गयी थी। उसकी पत्नी बबिया अब हमेशा खुश रहती। घर में अच्छा खाना बनता। हफ़्ते में कम से कम दो बार वे मीट खाते। अंडा तो रोज ही, जब मन पड़ता, वह ले आता। बच्चे आइसक्रीम माँगते और पाते। कोई मेहमान आता, तो हल्दीराम की नमकीन, ब्रिटानिया के बिस्कुट बबिया तश्तरी में रखती और कहती, "भाई साहब, थोड़ा-सा तो लीजिए।" सोफा, टी.वी., वी.सी.आर., डबल बेड, फ्रिज वगैरह खरीद लिया गया था। रामनिवास पालिका बाजार से एक विदेशी सी.डी. प्लेयर भी ले आया था और कहता था कि जल्द ही बच्चों के लिए कंप्यूटर खरीद लाएगा। वह बताता था कि लोग कहते हैं कि आज के जमाने में कंप्यूटर सीखे बिना कोई तरक्की नहीं कर सकता। अपने बच्चों रोहन और उर्मिला के लिए वह कंप्यूटर कोर्स के बारे में पता लगाता रहता। वह प्लान बनाता कि दोनों को वह अमेरिका भेजेगा, जहाँ वे किसी कम्पनी में काम करेंगे और हर महीने कई लाख की तनख्वाह पायेंगे।

रामनिवास के नाते-रिश्तेदार, जो कभी उसके पास फटकते नहीं थे, वे अब अक्सर सपरिवार उसके यहाँ आ जाते। उनको पहले के घुन्ने और फटीचर रामनिवास में अब संसार के सारे सद्गुण दिखाई देते, जिनका बखान वे बबिया और खुद उसी के सामने अक्सर करते। जात-बिरादरी में रामनिवास की पूछ बढ़ गयी थी। शादी-ब्याह के मामलों में उसकी सलाह ली जाती। उसके पास चिट्ठियाँ और शादी-ब्याह के निमन्त्रण आते। वह कहीं जाता, कहीं न जाता। जहाँ जाता, उसका खूब सत्कार होता।

"सब अपने हैं भाई, मैंने सबको माफ किया।" वह अक्सर कहता और लोगों की मदद करता। मुहावरे में, संक्षेप करके कहें तो यह, कि अब रामनिवास के दिन फिर गये थे।

लेकिन रामनिवास इधर रोज़ पीने लग गया था। सुषमा के साथ उसका मिलना-जुलना रोज़ का काम हो गया था। बबिया उनके संबंधों के बारे में जान गयी थी, लेकिन चुप थी। वह रामनिवास के स्वभाव को अच्छी तरह से जानती थी। उसे पता था कि चाहे कुछ भी हो, वह उसको और अपने बच्चों को छोड़कर कहीं नहीं जायेगा, इसलिए वह निश्चिंत थी।

कई बार रामनिवास आधी रात के बाद घर लौटता। कई बार दो-तीन दिनों तक गायब रहता। उन्हीं दिनों सुषमा भी अपने घर से बाहर होती लेकिन बबिया को इससे कोई फर्क न पड़ता। मोहल्ले में रामनिवास का सम्मान और रुतबा बढ़ गया था। वह अब सीधे सुषमा के घर पहुँचता और उसकी अम्माँ बिलाड़ी बाई, जो घरों में झाड़ू-पोंछा और बरतन माँजने का काम करती थी, के सामने ही उससे फिल्म देखने के लिए चलने की बात करने लगता था।

सुषमा के पास कई जोड़े सलवार-सूट, सैंडिल और गहने हो गये थे। पहले वह रामनिवास से बराबरी के झगड़े कर लेती थी लेकिन अब वह उसकी कई बातें चुपचाप बर्दाश्त कर लेती। उसे डर लगता कि कहीं रामनिवास उससे नाराज़ न हो जाये। सुषमा की अम्माँ कई बार उससे कहती, "ऐसा कब तक चलेगा? तू उस पर अपना हक बना ले। लोग बात करने लगे हैं।" लेकिन सुषमा कहती, "अम्माँ किसी दूसरी औरत का बना बनाया खोंता मुझसे उजाड़ा न जाता। वो भी बाल-बच्चों वाला। ऐसे ही चलने दे, जब तक चले।" भीतर-भीतर लेकिन उसे कहीं विश्वास था कि ऐसा हमेशा चलता रहेगा। जब तक वह और रामनिवास दोनों जीवित रहेंगे।

लोग अगर रामनिवास से पूछते कि इतना पैसा अचानक उसके पास कहाँ से आया तो वह कहता कि वह साकेत में पाँच लाख की कमेटी चला रहा है या कि वह आजकल सट्टे बाजारी की कमाई

कर रहा है। किसी से वह कहता कि उसकी लाटरी निकल आयी है। किसी-किसी से उसने यह भी कह रखा था कि मस्जिद मोठ के पास उसे ऐसे एक साधू महाराज मिले थे, जिन्होंने एक ऐसा मन्त्र उसके कान में फूँका था कि सट्टे का खुलने वाला नम्बर आँख मूँदने पर उसे साफ-साफ दिख जाता है। रामनिवास से कई लोगों ने वह मन्त्र अपने-अपने कान में फुँकवाया लेकिन किसी को वह नम्बर आँख मूँदने पर नहीं दिखा। रामनिवास कहता तुम लोगों का दिल साफ नहीं है इसलिए तुम्हें नम्बर नहीं दिखता। किसी से डाह न करो, न किसी की चुगली खाओ, किसी का नुकसान न करो तो फिर देखो, सट्टे और लाटरी का नम्बर अपने आप तुम्हारे दिमाग के परदे पर नाचेगा!

जब भी उसका मन होता वह उस कोठी की दीवाल से नोटों की गड्डियाँ अपने झोले में भर लाता। ताज्जुब था कि इतने दिन हो गये थे, अभी तक न तो उसको किसी ने टोका या पकड़ा था, न उस खोखल से उन गड्डियों को इधर-उधर किया था। इतने दिन बेरोक-टोक उन रुपयों का इस्तेमाल करते रहने से रामनिवास अब बेफिक्र हो गया था। उसकी हिम्मत बढ़ गयी थी। फिर भी कभी-कभी उसे आशंका सताती कि कहीं ऐसा न हो कि किसी दिन उन रुपयों का असली मालिक आ जाये और वहाँ से अपनी छिपी हुई दौलत लेकर चल दे, इसलिए उसने समझदारी और दूरदर्शिता के साथ दो काम किये। एक तो उसने लोनी बार्डर में पाँच सौ गज का एक प्लॉट अपनी पत्नी बबिया पसिया के नाम खरीदा और दूसरे, उसने तीन लाख रुपये की फिक्स्ड डिपॉज़िट तीन-चार बैंकों में अलग-अलग नाम से जमा कर दी। इनमें से पचास हज़ार की एक डिपॉजिट सुषमा के नाम से भी थी, जिसने अब रामनिवास के साथ इसी तरह हमेशा रहने का मन बना लिया था।

ताजमहल में प्यार, ए.सी. रूम, बाज की आँखें और पुलिस

यह घटना सात-आठ महीने पहले की है।

रामनिवास ने सुषमा के साथ आगरा और जयपुर घूमने और

ताजमहल के सामने फोटो खिंचाने का प्रोग्राम बनाया। दो-तीन दिन वह मौज-मस्ती करना चाहता था। सुषमा इसके लिए तुरन्त तैयार हो गयी। दोनों ट्रेन से आगरा पहुँचे।

स्टेशन से बाहर निकलते ही उन्हें एक टैक्सी वाला मिल गया। उससे रामनिवास ने किसी होटल ले चलने के लिए कहा। "कैसा होटल चलेगा?" ऐसा पूछते हुए उस टैक्सी वाले ने जिस निगाह से रामनिवास को घूरा, उससे रामनिवास को लगा कि वह उसे कोई भिखमंगा या मामूली आदमी समझ रहा है। "कोई भी अच्छा, टॉप का होटल। किसी सड़े गले, सड़क छाप में मत ले चलना।" रामनिवास ने कड़ी और रोबीली आवाज़ में कहा। टैक्सी वाले ने, जो देखने में चालीस-पैंतालीस साल का कोई खुर्राट लग रहा था, जिसकी आँखें भूरी थीं और उनमें किसी शिकारी बाज की आँखों की चमक थी, उसकी ओर मुस्कराते हुए व्यंग्य से देखा और कहा, "थ्री स्टार चलेगा? पास में ही है।" उसने सोचा होगा कि थ्री स्टार का नाम सुनते ही रामनिवास की गर्मी उतर जायेगी, लेकिन जब रामनिवास ने उससे ठंडी आवाज में कहा कि "ले चल मेरे भाई, जिधर भी तेरा दिल करे। थ्री स्टार-फाइव स्टार...सिक्स स्टार। लेकिन जल्दी कर। मेरे को अभी तुरन्त नहाना है। गरम पानी में। और फिर उसके बाद बटर चिकन सूंटना है डबल प्लेट।" तो टैक्सी वाले खुर्राट ने उसे गहरी आँखों से देखा। इसके बाद उतनी ही चीरती हुई, चील जैसी नज़र उसने सुषमा पर डाली और इत्मीनान में थोड़ा-सा व्यंग्य मिलाकर बोला—"चलता हूँ मालिक! आप गीज़र में नहीं, गरम पानी के टब में नहाना। हम आपको ऐसे होटल में पहुँचाएँगे कि बटर चिकन ही नहीं, जो-जो आप मँगाओगे, सब मिलेगा।" उसकी इस बात पर हँसकर रामनिवास ने कहा—"अब आ गये न लाइन में। अब चल। जल्दी गड्डी हाँक।"

रास्ते में टैक्सी वाले ने फिर पूछा, "आना कहाँ से हुआ साहब जी?"

"दिल्लीवासी हैं अपन। तुम हमें यू.पी का समझ रहे थे क्या या एम.पी.सेम.पी. का?" रामनिवास ने तड़ी मारी और विजेता की तरह

सुषमा की ओर देखकर मुस्कराया। "और आगरा तो हम आते ही रहते हैं। आफिस की गाड़ी से। महीने-पन्द्रह दिन में।" रामनिवास डरा कि अगर अब कहीं खुर्राट ने उसकी पोस्ट के बारे में पूछा तो वह क्या बताएगा? चतुर्थ श्रेणी, स्वच्छता कर्मी? झाड़ू लगाने वाला मेहतर? सफाई कर्मचारी? लेकिन खुर्राट ने आगे कुछ नहीं पूछा।

होटल जब आ गया और रामनिवास टैक्सी की डिक्की से सामान निकलवा रहा था तो टैक्सी वाले ने कहा, "आप पहले जाकर पता तो कर लो कि रूम खाली है कि नहीं। नहीं तो फिर अगला होटल देखेंगे।"

रामनिवास सुषमा को टैक्सी में ही छोड़कर अन्दर गया और काउंटर पर जब कमरे का रेट पूछा तो उसका मन एक बार तो हुआ कि कोई दूसरा सस्ता-सा होटल देख ले लेकिन फिर उसने इरादा बदल दिया और पन्द्रह सौ रोज के किराए वाला ए.सी. डबल बेड उसने बुक करा लिया। काउंटर पर बैठे आदमी ने उसे रूम देखने के लिए ऊपर भेज दिया और होटल के एक लड़के को टैक्सी से सामान लाने रवाना कर दिया।

सामान के साथ सुषमा जब आयी तो वह थोड़ी घबड़ाई हुई लग रही थी। "कैसी जगह तुम ले आये? हर चीज़ काँच जैसी चक्क-चक्क चमकती है। लगता है किसी चीज़ को छुआ तो वो गन्दी हो जायेगी। ये सामान लेकर आने वाला लड़का भी मेरे को सही नहीं लग रहा था।" सुषमा ने धीरे से उससे कहा।

होटल का लड़का जब सामान रखकर और पानी का जग उठाकर चला गया तो रामनिवास ने सुषमा से कहा, "मस्त रह और फिकर न कर। जब तक टेंट में माल है तब तक डरने की क्या बात है!" इसके बाद उसने प्यार से कहा, "आजा, एक पुच्ची दे दे और झोले से बोतल निकाल।"

रात को साढ़े दस बजे होंगे, जब किसी ने घण्टी बजाई। इसके पहले दिन में रामनिवास सुषमा के साथ ताजमहल देख आया था, वहाँ अलग-अलग पोज में उसके साथ फोटो खिंचाई थी और रास्ते में अंटशंट खरीदारी भी की थी। सुषमा के लिए और चीज़ों के

अलावा उसने फ़िरोजाबादी चूड़ियों के सेट भी लिए थे, जिससे वह बहुत खुश थी।

इतनी रात में कौन आ मरा। रामनिवास सोच रहा था। उसने रूम का दरवाज़ा खोला तो, दो पुलिस वाले वहाँ खड़े थे। उनमें से एक इंस्पेक्टर था, दूसरा सिपाही।

"लड़की है साथ में?" इंस्पेक्टर ने डाँटती हुई आवाज में रामनिवास से पूछा।

"हाँ" रामनिवास ने कहा। इंस्पेक्टर और सिपाही रूम के अन्दर आ गये। इंस्पेक्टर की वर्दी पर छाती की पाकिट के ठीक ऊपर वी.एन. भारद्वाज की पट्टी लगी थी। वह जिस बेशर्मी से सुषमा को घूर रहा था, उससे रामनिवास को गुस्सा तो बहुत आ रहा था, लेकिन उसके भीतर डर भी था। सुषमा ने गुलाबी रंग की नाइटी पहन रखी थी, जो नाइलोन की थी, जिसके अन्दर से कमला नगर से खरीदी गयी काले रंग की ब्रेसरी साफ झलक रही थी। सुषमा का रंग भी गोरा ही कहा जा सकता था।

"तुम्हारी बीवी तो नहीं लगती। कहाँ से उठा लाए?" इंस्पेक्टर ने पूछा। लगभग चौकोर चेहरे, मिचमिची काइयाँ आँख और खिजाब से बेतहाशा रंगे काले बालों और मोटी खाल वाला वह आदमी पहली ही नज़र में कोई घाघ चालबाज और लंपट लगता था।

"हमारे पड़ोस में ही रहती है। साली लगती है साब।" रामनिवास ने कहा। उससे झूठ नहीं बोला जा रहा था। उसकी आवाज़ में घबराहट और शराफ़त के बीच से पैदा होने वाली कमज़ोरी थी।

"बोतल भी है!" इंस्पेक्टर ने मेज़ पर रखे डिप्लोमैट के अद्धे को घूरा फिर भेदती हुई निगाह से सुषमा को देखते हुए कहा। "भगा के ला रहे हो इसे। देखने में तो नाबालिग लगती है।"

"क्या उमर है तेरी?" उसने सुषमा से पूछा।

"सत्रा साल।" सुषमा डर गयी थी। जाने क्यों उसे लग रहा था कि कोई अनहोनी आज होने जा रही है, जिसमें वह और रामनिवास, दोनों बरबाद हो जायेंगे।

"चलो थाने। तुम दोनों। मेडिकल से सब पता चल जायेगा कि कितनी मौज-मस्ती की है। तीन सौ पचहत्तर-छिहत्तर बनेगा।" इंस्पेक्टर ने कहा। इसके बाद कुर्सी खींच कर बैठते हुए उसने रामनिवास की ओर देखा, "पैसा कहाँ से उड़ाया? थ्री स्टार के ए.सी. कमरे में रुकने की औकात तो नहीं लगती तुम्हारी। कहीं सेंध मारी क्या? या किसी को चूना लगाया?"

रामनिवास ने पी रखी थी। ऐसे में उसकी हिम्मत बढ़नी चाहिए थी लेकिन सुषमा ने अपनी उम्र सही बताकर उसे अनजाने में फँसा डाला था। अब वह खुद को पुलिस की जाल में उलझा हुआ महसूस कर रहा था। आख़िर सोच-समझकर वह मुस्कराया, "क्या चलेगा साहब? अद्धा तो खाली हो गया?"

"वो तो होटल से आ जायेगा। पर अभी तो दोनों थाने चलो। चलो तैयार हो जाओ। और क्या ये ऐसे ही चलेगी? अपनी बाडिस झलकाती हुई!" इंस्पेक्टर ने सपाट आवाज़ में कहा।

"थाने का क्या है साब। वो तो जहाँ आप हो, वहीं थाना हुआ। यहीं निपटा लेते हैं।" हँसते हुए रामनिवास ने कहा।

उसको अपने ऊपर ताज्जुब हुआ। अब तक कहाँ छिपा था, उसके भीतर का यह हुनर? उसने पलंग के पास खड़े सिपाही की ओर समर्थन जुटाने के लिए देखा। उसे पटाने के अन्दाज में। सिपाही सुषमा को घूरने में लगा हुआ था। रामनिवास से आँख मिलने पर उसने थोड़ा-सा सिर हिलाया और मुस्कराया, "छोकरे हैं बेचारे भारद्वाज साब। ताजमहल देखने आये हैं। खाने-पीने दो। अपन भी ज़रा टाइम पास कर लेते हैं इनके साथ। बोल भाई, कोई एतराज तो नहीं तेरे को?"

रामनिवास को सिपाही के इरादे ठीक नहीं लगे। उसे इस बेवज़ह की मुसीबत के बावजूद गुस्सा आ गया—"देखो, खाने-पीने की जहाँ तक बात है, भारद्वाज साब हुक्म करें, जो जो चाहोगे आप लोग, सब आर्डर हो जायेगा। लेकिन ये मेरी सच में साली लगती है साब। मेरा यकीन करो आप लोग। कसम से।"

इंस्पेक्टर पहली बार हँसा, "क्यों भाई, ए.सी. कमरे में अपनी नाबालिग साली के साथ दारू का अद्धा सूंट कर भजन कर रहा था तू? अच्छा चल, आर. सी. की एक फुल बोतल और खाने के लिए चिकन-सिकन का आर्डर बोल के आ जा...अच्छा तू ठहर, मैं यहीं से बोलता हूँ।" ऐसा कहकर इंस्पेक्टर ने पलंग पर चढ़कर सिरहाने के इंटरकॉम से होटल के काउंटर को फोन किया और वहीं पसरकर बैठ गया। उसने अपनी बेल्ट ढीली कर ली। और फिर उसने पलंग के पायताने पर सिमटी बैठी सुषमा की ओर देखकर कहा, "और तू तो जाकर उस कोने की कुर्सी पर इधर पीठ फेर कर बैठ जा। दिमाग मत खराब कर। दारू चढ़ गयी तो कंट्रोल हट जायेगा, फिर दोनों हमारे नाम को रोओगे। वैसे ही आगरा में फिरंगी टूरिस्टों को देख-देख कर दिल डोलता रहता है साला।" सिपाही इस बात पर हँसा। ज़ोरों से।

डेढ़ घण्टे में पूरी बोतल खाली हो गयी। रामनिवास अद्धा तो पहले ही चढ़ा चुका था, तीन पेग पुलिस वालों के साथ और पी गया। उसे होश नहीं था कि वह नशे में क्या-क्या बोलता रहा। इंस्पेक्टर भारद्वाज और वह सिपाही लगभग बारह बजे रात उसके कमरे से गये। पाँच सौ रुपये पर बात टूटी। बाद में सिपाही ने भी सौ रुपये अलग से झटके। पुलिस वालों के जाते-जाते रामनिवास थक चुका था और नशा उसके दिमाग को भीतर से किसी चकरी की तरह घुमा रहा था। उसे चक्कर आने लगा। सुषमा उसे सँभालकर बाथरूम तक ले गयी कि उसके सिर पर ठंडा पानी डाल दे लेकिन रामनिवास वहीं फर्श पर बैठ गया और बेतहाशा उल्टियाँ करने लगा। उसके गले से सारा बटर चिकन, नान और पुलाव निकल रहा था। उल्टी करने के बाद जब उसने सुषमा को अपने पास खींचा तो उसकी आँखों को कुछ दिखाई नहीं दे रहा था। वह सीधा बिस्तर पर औंधे मुँह गिरा और उसकी नाक और गले से तुरत ऐसी आवाजें निकलने लगीं, जैसे किसी मीलों के सफर में थके हुए घोड़े को दमे की सींक आ रही हो।

सवेरे सुषमा ने जब उसे बताया कि वह रात में, नशे में पुलिस वालों को साकेत की किसी कोठी की दीवार की खोखल में छुपे नोटों की गड्डियों के बारे में बता रहा था, तो रामनिवास के होश उड़ गये। कितनी होशियारी और समझदारी से उसने यह रहस्य अब तक छुपाए रखा था। यहाँ तक कि सुषमा और अपनी बीवी तक को उसने इसकी भनक नहीं लगने दी थी। आख़िर कर दिया न दारू ने सारा गुड़ गोबर।

उसने सुषमा से तबीयत बिगड़ने और दिल्ली में एक जरूरी काम का बहाना बनाया और जयपुर घूमने का प्रोग्राम कैंसिल कर अगली ही गाड़ी से दिल्ली लौटने का फैसला ले लिया।

बुद्ध जयन्ती पार्क, बिना नम्बर की एस्टीम और आख़िरी बीड़ी

जैसा उसे सन्देह था, अगले ही दिन सवेरे-सवेरे, जब वह ड्यूटी पर जाने के लिए घर से निकल रहा था, पुलिस की जिप्सी उसके घर आ गयी। "ए.सी.पी. साहब ने बुलाया है।" उस इंस्पेक्टर ने कहा, जिसकी छाती की जेब के ऊपर डी. के. त्यागी लिखा हुआ था। रामनिवास ने जिप्सी के भीतर बैठे हुए ही समयपुर बादली के उस बस स्टॉप को देखा, जहाँ से हर रोज़ वह धौलाकुआँ के लिए बस लेता था। सुषमा वहाँ उसके इन्तज़ार में खड़ी थी।

सात-आठ महीने पहले, वह शायद मंगलवार का ही दिन था, उस दिन हल्के-हल्के बादल आसमान में छाए हुए थे और कभी भी बूँदा-बाँदी हो सकती थी, संजय चौरसिया के उसी पान ठेले के पास रामनिवास से मेरी मुलाकात हुई थी। वह सुषमा से मिलने आया था।

ऐसे मौसम में, जब बादल घिरे हों, बूँदा-बाँदी के आसार हों और हवा भारी हो गयी हो—रामनिवास कहा करता था—"आज तो लगता है मौसम सीटी बजा रहा है।" ऐसे में वह सुषमा के साथ ऑटोरिक्शा में घूमा करता था और दुनिया भर की ऊलजलूल चीज़ें उसे खिलाता रहता था। लेकिन आज वह बहुत परेशान दिखाई दे रहा था। आधा घण्टे के भीतर-भीतर उसने तीन-चार सिगरेटें फूँक डालीं।

बार-बार किसी बेचैनी में वह अपनी उँगलियाँ चटखाने लगता था। ऐसा लगता था, जैसे उसके भीतर कोई तेज़ उथल-पुथल मची हुई है।

मैंने रतनलाल से दो स्पेशल चाय मँगवाई। रामनिवास कितना परेशान था, इसका अन्दाजा मुझे तब हुआ, जब उसने लगभग खौलती हुई चाय सीधे अपने हलक में उँड़ेल ली, जिससे उसका गला और मुँह जल गया।

उस समय दो-ढाई का वक्त रहा होगा, जब रामनिवास ने बहुत याचना भरी आँखों से मेरी ओर देखा और कहा, "विनायक जी, मैं एक बहुत बड़े जंजाल में फँस गया हूँ। मुझे तुम किसी तरह इससे बाहर निकालो। जब तक ज़िन्दगी रहेगी, तुम्हारा एहसान मानूँगा।"

मैंने उससे पूछा कि आख़िर बात क्या है तो उसने मुझे उस दिन जो कुछ बताया था, वही मैंने अब तक आपको ऊपर बताया है। उसकी बात खत्म हुई ही थी और मैं उसको वह उपाय बताने ही वाला था, जिससे वह इस जंजाल से बाहर निकलता, कि ठीक उसी वक्त सुषमा वहाँ आ गयी।

"अभी मैं चलता हूँ। कल सवेरे तुमसे इसी जगह मिलूँगा।" रामनिवास ने मुझसे कहा और वे दोनों एक रिक्शे पर बैठकर चले गये।दोनों की जाती हुई पीठ रिक्शे पर जब तक दिखाई देती रही, मैं देखता रहा।

रामनिवास से मेरी वह आख़िरी मुलाकात थी।

वह फिर उस नुक्कड़ पर कभी नहीं लौटा। अब वह कभी नहीं लौटेगा। उसके बारे में आप यहाँ किसी से भी पूछेंगे, तो कोई कुछ नहीं बताएगा। न पान के ठेले वाला संजय चौरसिया, न चाय वाला रतनलाल, न मोची देवीदीन, न स्कूटर मेकेनिक सन्तोष और न साइकिल में पंक्चर लगाने वाला मदन।

आप अगर इस नुक्कड़ से चलकर बाइपास के उस सोलहवीं सदी के खँडहर तक भी पहुँचें और वहाँ सलीमन, सोमाली, भूसन, तिलक या रिज़वान से रामनिवास के बारे में पूछें, तो कोई कुछ नहीं बताएगा। रंगीन कागज़ की फिरंकियाँ बेचने वाली कानी और सफेद

चित्तीदार चेहरे वाली रुपन मण्डल या अपने पति गुलशन के साथ रोज शाम को उबले अंडे बेचने वाली राजवती भी आपके सवाल को टाल जायेगी।

यहाँ तक कि हर सुबह समयपुर बादली से यहाँ आने वाली और इधर के फ्लैटों में बरतन-कपड़ा करने वाली गोरी, छरहरी सुषमा भी बिना कुछ बोले चुपचाप तेज चाल से आगे बढ़ जायेगी। आज कल वह स्कूटर मेकेनिक सन्तोष के साथ कई बार ऑटोरिक्शा में घूमती हुई दिखती है। दोनों को पिछले हफ्ते मैंने शीला सिनेमा के पास चाट पापड़ी खाते हुए देखा था।

यह जीवन ऐसे ही चलता है।

अगर आप समयपुर बादली के गन्दे नाले के पास बसी उस झुग्गी बस्ती तक पहुँचें और वहाँ किसी तरह उस टपरे का पता लगा लें, जिसे रामनिवास ने पक्के मकान में बदल दिया था और जहाँ उसकी पत्नी बबिया अपने बीमार बेटे रोहन और बेटी उर्मिला के साथ रहती है और उससे आप रामनिवास के बारे में पूछें, तो वह पत्थर जैसे भावहीन चेहरे के साथ कहेगी—''घर में नहीं हैं। बाहर गये हैं।'' अगर आपने पूछा कि वे कब तक लौटेंगे, तो बबिया, ''हमें पता नहीं है'' कहकर घर के अन्दर चली जायेगी।

साकेत में, नयी दिल्ली म्युनिसिपैलिटी के दफ़्तर में, जहाँ रामनिवास काम करता था अगर आप चोपड़ा साहब या किसी कर्मचारी से इस नाम के आदमी के बारे में पूछें तो उनका जवाब होगा—''यहाँ डेली वेजेज़ पर काम करने वाले सैकड़ों लोग आते-जाते रहते हैं। हम किस-किस का नाम याद रखें।''

यह सच है कि दिल्ली में अब रामनिवास के बारे में कोई कुछ नहीं जानता। अब वह कहीं नहीं है। उसका कोई चिह्न कहीं शेष नहीं है। लेकिन रुकिए, मैं आपको रामनिवास के बारे में वह आख़िरी सूचना देता हूँ, जिसके भीतर वह रहस्य मौजूद है, जिसे आप तक पहुँचाने के लिए ही मैंने इस कहानी की ओट ली थी।

अभी इसी साल, यानी सन् 2001 के 27 जून का दिल्ली से

निकलने वाला कोई भी हिन्दी-अंग्रेजी का अख़बार, 'इंडियन न्यूज एक्सप्रेस' 'टाइम्स ऑफ मेट्रो इंडिया' या 'शताब्दी संचार टाइम्स' उठा लीजिए और तीसरे पेज को खोलिए, वहीं जहाँ इस महानगर की स्थानीय खबरें छपती हैं। उस रोज इस पेज पर दाहिनी ओर दो कॉलम की चौड़ाई घेरता, एक छोटा-सा फोटाग्राफ छपा है और उसके नीचे एक संक्षिप्त-सी खबर।

20 प्वायंट बोल्ड में इस समाचार की हेडिंग है : **'रॉबर्स किल्ड इन एनकाउंटर'** और इसके नीचे 16 प्वायंट में उपशीर्षक है **'पोलिस रिकवर्स बिग मनी फ्रॉम कार।'**

इस खबर को अख़बार के स्थानीय क्राइम रिपोर्टर के हवाले से छापा गया है, जिसके अनुसार पुलिस ने कल रात राजधानी दिल्ली में, धौलाकुआँ से राजेन्द्रनगर और करोलबाग जानेवाली रिज रोड पर बुद्ध जयन्ती पार्क के निकट, एक बिना नम्बर प्लेट वाली एस्टीम कार को रोका। कार में सवार लोगों ने रुकने की बजाय पुलिस पर गोलियाँ चलानी शुरू कर दीं। पुलिस की जवाबी कार्रवाई में दो अपराधी मौके पर मारे गये, जब कि तीन अन्य अँधेरे का फायदा उठाकर भागने में कामयाब रहे। मरने वालों में एक जालंधर का कुख्यात अपराधी कुलदीप उर्फ कुल्ला है। दूसरे की पहचान नहीं हो पायी है। पुलिस उप-अधीक्षक सबरवाल ने बताया कि पुलिस ने कार की डिक्की से तेईस लाख रुपये बरामद किये हैं। इसमें बड़ी मात्रा में पाँच सौ के जाली नोट भी शामिल हैं। यह पिछले कुछ सालों में मिलनेवाली पुलिस की सबसे बड़ी सफलता है। पुलिस उप-अधीक्षक ने इस सिलसिले में आगरा पुलिस से मिली सूचनाओं को इस सफलता के लिए महत्त्वपूर्ण माना है।

अगर आप इस खबर के ऊपर छपे फोटोग्राफ को गौर से देखें तो पायेंगे कि बुद्ध जयन्ती पार्क के ठीक सामने वह कार खड़ी हुई है। उसके अगले और पिछले दरवाजे खुले हुए हैं। कार के अगले पहिए के पास एक आदमी औंधा पड़ा हुआ है। उसके सिर पर पगड़ी है। और कार के पिछले दरवाजे के ठीक सामने जो आदमी

मरा पड़ा है, उसका सिर आसमान की ओर है। आप इस आदमी के चेहरे को गौर से देखें। अगर लेंस की मदद ले सकें या फोटो एनलार्ज करा सकें तो और बेहतर होगा।

कार के पिछले दरवाज़े के सामने, सड़क पर मरा हुआ आदमी, जिसका सिर आसमान की ओर है और जिसका मुँह खुला हुआ है, पैंट खिसक गयी है और शर्ट के बटन खुले हुए हैं और जिसकी छाती पुलिस की गोलियों से लहूलुहान है, वह कोई और नहीं रामनिवास ही है। यही वह अपराधी था, जिसकी शिनाख्त आज तक नहीं हो पायी है।

उसकी शिनाख़्त अब कभी नहीं हो पायेगी, क्योंकि उसे अब कोई नहीं पहचानेगा।

रहस्योद्घाटन, सब्बल, कुदाल और औलिया की दरगाह

अब आप यह जानें कि उस दिन, जिस दिन यह मुठभेड़ हुई, उसके लगभग दो घण्टे पहले क्या हुआ?

साकेत की कोठी नम्बर ए-11/डीएक्स 33 के पास के नुक्कड़ पर चाय की दूकान चलाने वाले गोविन्द ने बताया था कि उस रात लगभग दस बजे पुलिस की एक जिप्सी यहाँ आयी थी। उसमें दो पुलिस वालों के अलावा तीन सादे कपड़ों वाले लोग भी थे। उन्होंने जिम सेंटर से लड़के-लड़कियों को निकाल दिया था और लौट गये थे। इसके एक घण्टे बाद, जब वह अपनी दूकान बन्द कर रहा था, तभी एक एस्टीम आकर वहाँ रुकी थी। उसमें कोई नम्बर प्लेट नहीं था उस गाड़ी में से मंझले कद के एक सरदार जी उतरे थे।

...और पिछली सीट से उनके पीछे-पीछे उतरा था, रामनिवास। वे लोग उस कोठी के अन्दर चले गये थे और लगभग डेढ़ घण्टे तक वहाँ थे। वे दोनों अन्दर से कोई चीज़ बार-बार ढोकर कार की डिक्की और पिछली सीट की जगह में भर रहे थे। सामने के मोड़ पर, जहाँ 'खन्ना इंटरनेशनल ट्रेवेल्स एंड कूरियर्स' की दूकान है, उसके सामने एक लाल बत्ती वाली एम्बेसेडर उसी वक्त आकर खड़ी हो गयी थी और एस्टीम के जाते ही उसके पीछे-पीछे चली गयी थी।

गोविन्द ने बताया था कि बिना नम्बर प्लेट की, काही रंग की एस्टीम, जब इस कोठी से लौट रही थी तो उस समय वह दूकान बन्द करके घर जाने की तैयारी कर रहा था। एस्टीम ठीक उसके बगल में आकर रुकी और पिछली सीट पर बैठे रामनिवास ने उससे बीड़ी माँगी। गोविन्द ने गणेश छाप बीड़ी का आधा, खुला हुआ बंडल, जो उसकी जेब में उस वक्त पड़ा हुआ था, उसे दिया।

गोविन्द ने बताया कि रामनिवास बहुत घबड़ाया हुआ और परेशान लग रहा था। उसकी आँखें ऐसी लग रही थीं, जैसी मुर्दों की आँखें होती हैं। वह उससे कुछ कहने की कोशिश कर रहा था कि एक झटके में एस्टीम आगे बढ़ गयी। उसे वह सरदार चला रहा था।

धौलाकुआँ के चौराहे से, अगर आप रिंग रोड यानी महात्मा गाँधी मार्ग की ओर न मुड़ें और उसकी अगली सड़क पर बाएँ घूम जायें, तो वही रिज रोड है। इसी सड़क पर बुद्ध जयन्ती पार्क के सामने वह घटना घटी, जिसका फोटोग्राफ और समाचार अख़बार में छपा है।

रामनिवास ने साकेत की कोठी नम्बर ए-11/डीएक्स 33 के जिम सेंटर वाले हाल की दीवाल के खोखल के बारे में जो जानकारी दी थी, उसके मुताबिक उस खोखल का आकार काफी बड़ा होना चाहिए। मेरा अनुमान है कि गिरी से गिरी हालत में उसकी लम्बाई लगभग बारह फुट और ऊँचाई चार-साढ़े चार फुट होना चाहिए। रामनिवास ने बताया था कि वह जगह पाँच सौ और सौ-सौ की गड्डियों से ठसाठस भरा हुआ था, इस लिहाज से मेरा अनुमान है कि उसमें कम से कम दस-पन्द्रह करोड़ रुपये रहे होंगे।

यह उन्हीं दिनों की बात है जब पिछली सरकार के एक केन्द्रीय मन्त्री के घर और दूसरे ठिकानों पर नयी सरकार ने सी.बी.आई. के छापे डलवाए थे। उस मन्त्री पर उच्च तकनीकी उपकरणों की खरीद और ठेके के सन्दर्भ में किसी विदेशी कम्पनी से कई सौ करोड़ रुपये का कमीशन लेने का आरोप लगा था। उसे कुछ दिनों के लिए जेल भी जाना पड़ा था। बाद में वह मन्त्री उसी नयी सरकार में शामिल हो गया था, जो उसके खिलाफ जाँच कर रही थी। जाहिर है, वह

सारा रुपया, जिसे किसी ग्रह-नक्षत्र की विशेष स्थिति अथवा अपने भाग्य या फकत संयोग के चलते रामनिवास ने अपनी झाड़ू की मूठ की सींक ढीली हो जाने के कारण, वहाँ की दीवाल को ठोंकते हुए, उस खोखल को खोज निकालने पर अचानक ही उस दिन देख डाला था, वह सारा रुपया सी.बी.आई. के छापों और इनकम टैक्स से बचने के लिए वहाँ छुपाया गया था। यानी वह सारी दौलत ऐसी थी, जिसका कोई आलेख कहीं नहीं होता। अन-अकाउंटेड मनी। इसी को काला धन कहते हैं।

संजय चौरसिया के पान वाले ठेले के दाहिनी ओर, साइकिल का पंक्चर जोड़ने वाले मदन के नज़दीक ही, पिछले कुछ दिनों से पटरी पर दरी बिछाकर बैठने वाले ज्योतिषी, पंडित दीनदयाल उपाध्याय से मैंने अप्रत्यक्ष तरीके से इस बाबत बातचीत की। उनका कहना था कि अगर गुरु तीसरे घर में हों और मंगल को निहार रहे हों और छठे घर से मंगल शुक्र और गुरु को बारी-बारी से निहार रहा हो और अगर महीने का कृष्णपक्ष चल रहा हो तथा संयोग से तिथि चतुर्थी अथवा नवमी हो ऊपर से धनिष्ठा नक्षत्र लगा हो और विष्टिकरण से बनी हुई सिद्धि अकारण उपस्थित हो तो कुबेर की विशेष कृपा होती है और अपार धन अथवा गड़ी हुई तिजोरी मिलने की प्रबल सम्भावना होती है।

पंडित दीनदयाल उपाध्याय, जो बलिया से आये हुए हैं और नाहरपुर के नाले के पास एक टपरे में किराए पर रहते हैं, ने मेरे बारे में बता रखा है कि अभी मारकेस और साढ़े साती की शनि दशा चल रही है और राजकीय कोप का भाजन मुझे बनना पड़ेगा।

मुझे लगता है पिछले साल 23 मई के मंगलवार को सम्भवतः रामनिवास के ऊपर ऐसी ही किसी दशा में कुबेर ने दृष्टि डाली होगी, जिसने उसके भाग्य को बिल्कुल बदल डाला। वरना, आप खुद ही सोचिए, कि कूड़ा-कचड़ा और गन्दगी साफ करने वाली एक मामूली झाड़ू की मूठ की सुतली की कसान ढीली पड़ जाने के कारण, घास के तिनकों की सींकों को बराबर करने के लिए एक

निहायत साधारण-सी दीवाल को ठोंकते ही, उसे नोटों की गड्डियाँ इस तरह अचानक कैसे मिल जातीं? वरना वह कैसे, कुछ महीनों के लिए, अपने स्वप्नों और आकांक्षाओं के संसार में प्रवेश कर पाता? अपनी पत्नी बबिया, बेटे रोहन और बेटी उर्मिला को भर पेट खाने और मन पसन्द पहनने का सुख दे पाता? ...और अपनी नाबालिग प्रेमिका सुषमा को तरह-तरह के रंगों से जगमगाते इन्द्रधनुषों के उस लोक में कैसे ले जाता, जहाँ एक ताजमहल भी था और जहाँ दोनों ने एक-दूसरे के साथ कई मुद्राओं में फोटो खिंचाए थे?

लेकिन ज्योतिषी जी का यह भी कहना है कि अगर ऐसे संयोग से मिलने वाला धन पाप का काला, अपवित्र धन हो तो उसका परिणाम घातक होता है। मेरा मानना है कि 26 जून 2001 की रात लगभग 12 बजकर 10 मिनट पर उसी पाप के घात से रामनिवास और उसके स्वप्नों का हिंसक अन्त हुआ।

लेकिन आप पूछेंगे कि आख़िर वह रहस्य कौन-सा है, जो मैं इस कहानी की ओट के पीछे छुपकर आप तक पहुँचाना चाहता था?

आप तो जानते ही हैं कि उस रात रामनिवास जब कुलदीप उर्फ कुल्ला के साथ रिज रोड पर मारा गया, तो बिना नम्बर वाली एस्टीम से सिर्फ़ कुछ लाख रुपये ही बरामद हुए। उसमें भी पाँच सौ के बहुतेरे नोट जाली थे। जबकि असलियत यह है कि उस दीवाल की खोखल से लगभग तेरह करोड़ रुपये निकले थे।

जहाँ तक उस पुलिस अफसर की बात है, जिसकी निगरानी में 'ऑपरेशन रामनिवास' हुआ, वह बहुत सम्मानित और ताकतवर पुलिस अफसर है। उसकी कई कोठियाँ और फार्म हाउस हैं, जहाँ वह अक्सर पार्टियाँ देता रहता है। इन पार्टियों में नेता, अफसर, पत्रकार, दिग्गज बुद्धिजीवी और कई वरिष्ठ साहित्यकार आते हैं और शराब पीकर उसके कालीन में लोट जाते हैं। राजधानी से निकलने वाले अख़बारों में उनका फोटो आप अक्सर देखते होंगे। ये लोग अब हमारी-आपकी तरह आदमी नहीं रह गये हैं। वे मिल-जुल कर एक-दूसरे को ब्रांड में बदल चुके हैं। अगर आप कविता-कहानी

पढ़ते हों, तो आपने महसूस किया होगा कि आजकल उनके भीतर से शराब की बेतहाशा गन्ध आ रही है और उनके वाक्यों के नीचे मुर्गों, बकरों और निर्दोष मनुष्यों की हड्डियों का ढेर दिखाई दे रहा है। अगर आप अपनी झाड़ू की मूठ से समकालीन साहित्य को ठोंकें, तो वही खोखल आपको यहाँ भी दिखाई देगा, जिसके भीतर नोटों की गड्डियाँ भरी हैं। पाप का अपवित्र काला धन।

मैं लगभग चौथाई सदी से अपने देश की राजधानी दिल्ली में हूँ और डरा हुआ हूँ। मुझे सन्देह है कि रामनिवास ने उस पुलिस अफसर को यह बता दिया है कि दिल्ली की दीवार के खोखल का रहस्य उसके द्वारा मुझे पता चल चुका है। आप समझ सकते हैं कि फिलहाल मेरा जीवन कितने खतरे में है।

इसके बावजूद जितना भी थोड़े बहुत दिन या महीने या साल इस बदहाल ज़िन्दगी के बाकी हैं, मेरी आकांक्षा है कि मैं भी रामनिवास की तरह अपने स्वप्नों के संसार में किसी तरह एक बार प्रवेश कर जाऊँ।

तो, इसीलिए आजकल हर रोज़ आधी रात, जब सारी दिल्ली नींद में डूबी हुई होती है, मैं काले कपड़े पहनकर, एक हाथ में कुदाल और दूसरे में एक सब्बल लेकर निकल पड़ता हूँ और दिल्ली की दीवारों को अँधेरे में ठोंकता रहता हूँ। मुझे यकीन है कि दिल्ली की अधिकांश दीवालों में असंख्य खोखल हैं और वहाँ अकूत धन मौजूद है। ऐसा धन जो पूरी तरह अन-अकाउंटेड है। मुझे गहरा पछतावा इस बात का है कि मैंने अपने जीवन के पच्चीस साल फालतू बरबाद किये। पच्चीस दिन भी अगर मैंने यहाँ की दीवारों को ठोंकने में लगाए होते, तो अब तक मैं करोड़पति हो गया होता और एक सम्मानित जीवन जी रहा होता।

अगर आप यह कहानी पढ़ लें तो सब्बल और कुदाल लेकर फौरन दिल्ली की ओर रवाना हो लें। करोड़पति बनने और छप्पर फाड़ कर आने वाली दौलत पाने का यही एक रास्ता अब बचा है। मेहनत, ईमानदारी, प्रतिभा, निष्ठा, लगन वगैरह के रास्ते पर चलकर

आप जीना चाहेंगे, तो भूखों मर जायेंगे और पुलिस वाले आपके पीछे पड़ जायेंगे। आपको पता ही होगा, महाराष्ट्र के एक न्यायमूर्ति ने कहा था, भारतीय पुलिस गुंडों और अपराधियों का एक सुसंगठित कानूनी गिरोह है।

मैं फिलहाल किंग्स वे कैम्प के कोरोनेशन पार्क में, अंग्रेज सम्राट और दूसरे हुक्मरानों की टूटी-फूटी मूर्तियों के बीच, कोढ़ियों, भिखमंगों, स्मैकियों और लावारिस अनागरिकों के बीच सोता हूँ। मैं खुद भी उन्हीं मूर्तियों की तरह खण्डित हूँ। रीढ़ की हड्डी गल चुकी है और अस्थि यक्ष्मा का रोग मुझे लग चुका है। कभी-कभी मौका लगता है तो दिल्ली के चिड़ियाघर के आगे, हज़रत निज़ामुद्दीन की दरगाह के संगमरमर की फर्श पर घण्टों बैठा रहता हूँ और वही वाक्य दोहराता रहता हूँ, जो औलिया ने दिल्ली के बादशाह गयासुद्दीन तुगलक से कहा था। और जिसके बाद बादशाह शराब और जश्न में डूबा, फकत एक शामियाने के ढह जाने से दिल्ली की सरहद पर ही मर गया था। वह जगह अब तुगलकाबाद के नाम से जानी जाती है।

जहाँ पर औलिया की दरगाह है, वहीं पर अमीर खुसरो की मज़ार भी है। वही अमीर खुसरो, जो हिन्दी खड़ी बोली के पहले कवि थे और जिन्होंने अपनी ज़िन्दगी में दिल्ली में ग्यारह बादशाहों, उनके दरबारियों और चाटुकारों का उठना और गिरना देखा था। आप अगर वहाँ जाकर सैयद निजामी का रजिस्टर देखें, तो मेरा नाम उसमें लिखा हुआ मिलेगा।

यकीन मानिए, वहाँ मैं सिर्फ़ अपनी ही नहीं, आप सबकी और अपने प्यारे वतन की खैरियत की दुआ माँगता रहता हूँ। भरोसा रखें, औलिया तक मेरी प्रार्थना जरूर पहुँच रही होगी।

और जल्द ही, अगर पुलिस और दिल्ली के ताकतवरों ने मुझे किसी झूठे जुर्म में फँसा नहीं दिया, तो अपनी कुदाल और सब्बल के बल पर मैं दिल्ली की अनगिनती दीवालों की खोखलों में छुपी दौलत को एक दिन जरूर खोज लूँगा।

आप भी अगर अपनी किस्मत सुधारना चाहते हों तो, जहाँ कहीं भी हों, दिल्ली के लिए फौरन रवाना हो जायें। दिल्ली दूर नहीं है। विश्वास कीजिए, करोड़पति बनने का ही नहीं, दाल-रोटी चलाने का भी यही एक रास्ता अब शेष है।

दूसरे रास्ते अख़बारों और मीडिया द्वारा फैलाई गयी अफवाहें हैं। और कुच्छ भी नहीं।

साइकिल

उसका नाम बी.जी. राजोरिया है। पूरा नाम बाल गोपाल राजोरिया। हमारे गाँव में उसे बचपन में सब 'बालू' कहते थे। हम जब छोटे थे तो चिढ़ाने के लिए उसे बालू नहीं, 'भालू' कहते। हालाँकि चिढ़ता वह कभी भी नहीं था। हम उसे कहते—'भालू', तो वह पूरी सहजता से जवाब देता—'हाँ'। और बड़ी पारदर्शी आँखों से हमारी ओर देखने लगता। हम निरुत्तर हो जाते।

हम चिढ़ाते—'आलू भांटा की तरकारी, नाचे भालू की महतारी, चना जोर गरम।'

वह खुद भी ताली बजा-बजा कर हमारे साथ गाने लगता—'नाचे भालू की महतारी...' और हँसता। हम हार जाते। वह ऐसा ही हुआ करता था।

गाँव में सबसे खतरनाक था जनार्दन सिंह। पहले पटवारी था। लेकिन 'पटवारी' के आखीर में 'ई' की मात्रा होने के कारण वह इस पदवी को नापसन्द करता था। उसको इसमें 'मेहरपन' या 'मेहरारूपन' की निशानी दिखाई देती थी। वह खुद को मर्द मानता था। इसीलिए सब उसे 'पटवारा साहब' कहते थे। बड़ी-बड़ी मुच्छें। फगुआ में धोती खोल कर नाचता और कबिरा गाता था। ठर्रा पी कर रात में दूसरों के घरों में घुसता और फिर वहीं खा-पीकर सो जाता। जब से सस्पेंड हुआ था, तब से और पीने लगा था। अक्सर कलारी से रात में बोतल चढ़ाकर और बकरे का आंती-पोटा खाकर, गाना गाता हुआ जब वह रात में अपनी साइकिल से गाँव लौट

रहा होता, तो रास्ते में ही कहीं लुढ़क जाता। ऐसे में वह ज़मीन पर पड़ा-पड़ा अपनी साइकिल को गाली देता, उसे लात-जूतों से मारता फिर किसी दूसरे की साइकिल के कैरियर पर बैठकर, जोर-जोर से गालियाँ बकता हुआ लौटा करता था। जो भी कोई जनार्दन सिंह को रास्ते से उठाकर लाता, उसे उस रात जनार्दन से अपना पिंड छुड़ाने में दाँतों पसीना आ जाता। वह बाद में पछताता कि अच्छा-खासा यह गड्ढे में पड़ा था, क्यों इस जिन्न को अपनी साइकिल पर बिठा लाया। लेकिन एक गाँव का होने से सम्बन्धों में चलन ऐसे ही निभाया जाता था। जनार्दन कभी उसके गले लगकर उसे अपना 'भाई' कहता हुआ हँसता या रोता, कभी उसकी कमीज़ पकड़कर उसे पीटने लग जाता।

कभी-कभी लोग अपनी साइकिल के कैरियर से उसे गिराकर तेजी से पैडल मारते हुए भागने की कोशिश करते। लेकिन ऐसे में जनार्दन सिंह जिन्न-जिन्नातों की तरह उड़ने लगता था। कितनी भी तेज साइकिल भगाओ, अँधेरे में ठीक साइकिल के पीछे से जनार्दन की आवाज़ आती—'अरे रुक रे हरामी। रुक। रुक।'

बी.जी. राजोरिया यानी हमारे भालू ने साइकिल चलाना उसी जनार्दन सिंह की साइकिल से सीखा था। अक्सर रात में कलारी से लौटते हुए रास्ते के किसी नाले या गड्ढे में जनार्दन अपनी साइकिल छोड़ आता। दूसरे-तीसरे दिन, आस-पास का कोई आदमी, उसकी साइकिल लेकर उस तक पहुँचाता। अगर साइकिल पहुँचाने वाला साइकिल चलाना जानता, तो वह साइकिल चलाते हुए उसे पहुँचाता और अगर वह 'अनाड़ी' होता तो साइकिल पैदल घसीटता हुआ पहुँचाता। हमारे गाँव में जिसे साइकिल नहीं आती थी, उसे 'अनाड़ी' कहते थे।

कोई नहीं चाहता था कि भालू 'अनाड़ी' रहे। भालू खुद भी इससे शर्मिंदा रहा आता।

इसीलिए भालू रात में तब तक सोता नहीं था, जब तक कलारी से लौटते जनार्दन सिंह की आवाज गाँव में सुनाई न देने लगे। गाँव से एक किलोमीटर दूर सिवान से ही जनार्दन की आवाज सुनाई देने लगती थी।

गाँव में आठ कुत्ते थे। सब जनार्दन को अच्छी तरह से पहचानते थे। उसकी आवाज सुनते ही वे सब भौंकने लगते थे। उनमें से एक तो गाँव के बाहर निकलकर जनार्दन को लेने सिवान तक जाता था। यह कुत्ता चितकबरा था। काले शरीर पर सफेद चित्तियाँ। उसे सब लोग 'कानूनगो' कहते थे। हमारे गाँव के कुत्तों के नाम ऐसे ही होते थे। उदाहरण के लिए एक खूब मोटे कुत्ते का नाम 'मिनिस्टर' और एक बेहद आलसी, हमेशा सोते रहने वाले कुत्ते का नाम 'थानेदार' था।

रात में ठर्रे के नशे में जनार्दन खाता कम था, बोलता ज्यादा था। नशे में वह चितकबरे कुत्ते यानी कानूनगो के गले लग जाता। उससे लिपटकर रोता। फिर अपनी रोटियाँ उसे खिलाने लगता। कहते हैं जनार्दन की बीवी शादी के चार साल बाद चेचक में मर गयी थी। एक बेटा था, वह भी ज़िन्दा नहीं रहा। तभी से जनार्दन दूसरों के घरों में घुसने लगा था। शायद गाँव में अकेला 'कानूनगो' ही था, जो उसका दर्द समझता था।

जैसे ही सिवान पर जनार्दन की आवाज सुनाई देती, कुत्ते भौंकना शुरू करते और कानूनगो उसको साथ लिवाने के लिए सिवान की तरफ निकलता, तो ठीक उसके पीछे-पीछे भालू भी चल देता। हमारे गाँव से कस्बे की दूरी सिर्फ़ चार किलोमीटर थी। बीच में एक नाला, कुछ खेत, जंगल और एक पहाड़ी के बीच से होकर रास्ता निकलता था। भालू जाता और रात में ही जनार्दन की साइकिल कहीं से खोज कर उठा लाता। दो-तीन दिन वह इत्मीनान से उस साइकिल को चलाना सीखता फिर किसी दिन सिवान में उसे किसी खेत की मेड़ पर गिराकर लौट आता। गाँव का हर आदमी उसे साइकिल के साथ देखता लेकिन यह बात कोई जनार्दन तक नहीं पहुँचाता था। शायद हर कोई यह चाहता था कि किसी भी तरह भालू साइकिल चलाना सीख जाये। वह 'अनाड़ी' न रहे।

भालू को साइकिल का पागलपन था। वह रात में भी, जब सब सो जाते, साइकिल चलाता। साइकिल की चिकनी काली सीट पर बैठते ही उसे लगता कि वह एक दूसरी दुनिया की पीठ पर

सवार हो गया है। एक ऐसी दुनिया, जो उसकी पिछली दुनिया से एकदम अलग है। साइकिल के पैडल पर पैर का दबाव बढ़ाते ही वह पिछली दुनिया की धरती से मुक्त होने लगता। यह उड़ान थी। साइकिल के होने से भालू को पंख लग गये थे। जब वह साइकिल पर होता तब भी उसके चारों ओर का दृश्य वही रहता, जो पिछली दुनिया का दृश्य था। वही खेत, रास्ते, सेमलिया, जगतू और रामाधार के वही घर, कोसम, छिउले और सरई के वही पेड़—लेकिन वे सब अब किसी अलग ही दुनिया के लगते। भालू जनार्दन की साइकिल की सीट पर बैठा हुआ उड़ता-उड़ता उन्हें देखता। वे पीछे और नीचे छूटती चीजें थीं। वे सब उसे दूर, नीचे और पीछे से छूटते हुए विदा देते लगते। वह किसी यात्रा में होता। साइकिल की ठंडी, चिकनी, काली पीठ पर सवार। एक दूसरी दुनिया के आकाश में उड़ता हुआ।

गाँव से उत्तर की ओर जाने वाली कच्ची सड़क खेतों और बगीचों को पार करने के बाद एक रेतीले कछार से होकर गुज़रती थी। वहाँ छिट-पुट झाड़ियाँ दूर-दूर उगी हुई थीं। कँटीली। कहीं-कहीं चट्टानों के टुकड़े। सलेटी कछुओं की पीठ की तरह, यहाँ-वहाँ उतराते हुए। रात में जनार्दन की साइकिल पर सवार जब भालू वहाँ से गुज़रता तो एक खूब लम्बे, दूर तक फैले सन्नाटे में डूबी कछार की रेत और यहाँ-वहाँ कछुओं की सलेटी पीठ एक रहस्यलोक को उसके सामने रचतीं। आकाश में चन्द्रमा होता, जिसकी धुँधली-सी पीली रोशनी किसी अछोर चादर की तरह उस पूरे कछार पर बिछी रहती। डरी हुई टिटहरी की आवाज़ उस सन्नाटे को कभी-कभी तोड़ती। और भालू की आँखें अपनी साइकिल की हैंडिल पर ठहर जातीं। आकाश का चन्द्रमा सोने की लम्बी लकीर बनकर हैंडिल पर चमकता। हवा में चाँदनी की ठण्डक होती, जो भालू की साँसों के साथ उसके फेफड़ों के भीतर तक प्रवेश करती और उसका समूचा शरीर सिहरन से भर उठता। एक शीतल, उन्मुक्त ताज़गी। चन्द्रमा की रोशनी में नहाया हुआ उल्लास। ऐसे में अक्सर भालू गाना गाता : बोलै रे चिरैया हो आधी रात, टिटी हीं...टिटी हीं...टिटी हीं...ऽ...ऽ...

'टिटी ऽ...हीं ऽ...टिटी ऽ ऽ हीं ईं...ऽ ईं ऽ...ऽ।'

भालू की आवाज़ रात में दूर-दूर तक, कछार, सिवान, खेतों की मेंड़, नदी के किनारों और मेकल की तलहटी पर सुनाई देती। गाँव में, आधी रात, कोई कभी अधनींद में अगर सुनता, तो अपने आप मुस्करा देता।

भालू स्वप्न में भी साइकिल चलाता। वह पैडल मारना छोड़ देता तब भी साइकिल चलती रहती। कोई खाई रास्ते में पड़ती तो साइकिल ऊपर उठ जाती, अपने आप, और उड़ने लगती। कभी वह मेकल पहाड़ की चोटी पर साइकिल चलाता हुआ, ऊपर से नीचे छूट चुके अपने गाँव, खेत और पेड़ों को देखता और कभी वह नदी की तेज़ धार के भीतर, बहते हुए पानी के तलघर में मछलियों, काई, शैवाल और नदी में डूबे मिट्टी के मटकों के बीच पैडल मारता। वहाँ कई बार पानी में रहने वाली, साँप जैसी बाम मछली, उसकी हैंडिल से लिपट जाती और कभी-कभी तो पानी वाले सचमुच के पनडोंड साँप उसके पीछे पड़ जाते। वह भागता। ज़ोरों से पैडल मारता। पानी के अतल से, नदी के तलघर से निकल कर, वह बाहर की ठोस धरती पर पहुँचना चाहता। लेकिन उसकी आँखों के सामने चारों ओर अथाह जल का हरा रंग छा जाता। साँसों के साथ हवा की जगह पानी उसके फेफड़ों में भरने लगता। वह डर कर चीखता। तभी उसकी साइकिल किसी पत्थर या ढूह से टकराती, वह गिरता और चौंका हुआ अपने चारों ओर निहारता। कहाँ है नदी का तलघर? किधर गयी मेकल पहाड़ की चोटी? कहाँ चले गये वे काले डरावने पानी वाले साँप?

घर के लोग कहते, भालू पगला गया है। रात में सोते-सोते वह अपने छोटे भाई का पैर दबाने लगता या नींद में ही तड़फड़ाता हुआ हाथ-पाँव फेंकने लगता। इस सच को कोई नहीं जान पाता था कि उस समय भालू दरअसल किसी अथाह खाई में गिरने से बचने के लिए अपनी साइकिल का ब्रेक लगाने की घबराहट भरी कोशिश में होता था।

बी.जी. राजोरिया उर्फ बालू उर्फ भालू ने इसी तरह साइकिल चलाना सीखा था। उसके घर की हालत ऐसी नहीं थी कि आठवीं, दसवीं, हायर सेकेंडरी या बी. ए. में उसके फर्स्ट डिवीजन से पास होने पर उसे कोई साइकिल खरीदकर देता। हाँ, बी. ए. करने के बाद उसके पिताजी ने सिवान से लगा हुआ अपना छह कट्ठे का खेत बेच दिया था और लोकल एम.एल.ए. बलराज त्रिपाठी की मदद से एक लाख रुपये की घूस देकर सरकारी डिग्री कॉलेज में लेक्चरर की नौकरी उसे दिला दी थी। जिस दिन खेतों की रजिस्ट्री हुई, भालू के घर में चूल्हा नहीं जला था। पुस्तैनी खेत थे। पुरखाती जमीन। कहते हैं घूस के एक लाख में से पचास हजार एम.एल.ए. ने ले लिए थे।

भालू का इसके बाद पन्द्रह-बीस साल तक कहीं पता नहीं चला। कई जिलों के सरकारी कॉलेजों में उसका ट्रांसफर होता रहा। एक दिन अचानक टेलीफोन की घण्टी बजी। उधर भालू था। इसी शहर के एक कॉलेज में लेक्चरर। मैं लांड्री की दूकान चलाने लगा था। मेरे पिताजी ने खेत बेच कर घूस देने से मना कर दिया था इसलिए हिन्दी साहित्य में फर्स्ट डिवीजन और गोल्ड मेडल होने के बावजूद कोई नौकरी मुझे नहीं मिल पायी थी। पता चला दस साल पहले भालू ने किसी लड़की से 'लव मैरिज' कर ली थी। लड़की दूसरी जाति की थी इसलिए पिताजी नाराज़ थे। उन्होंने सोचा था कि भालू की नौकरी लगने के बाद दहेज में मोटी रकम लेकर शादी करेंगे और उसकी नौकरी लगवाने के चक्कर में जो छह कट्ठा पुरखाती जमीन निकल गयी है, उससे दुगनी ज़मीन खरीद कर गाँववालों को दिखा देंगे कि 'प्लानिंग' क्या होती है। लेकिन भालू ने उनकी सारी योजनाओं पर पानी फेर दिया था।

पता चला, जैसे वह बचपन में साइकिल के पीछे पगला गया था, उसी तरह बाद में उस लड़की के पीछे भी पागल हुआ, जो अब उसकी पत्नी बन गयी थी। मेरा अन्दाजा है कि वह उस लड़की के साथ भी रात के सन्नाटे में गाँव के बाहर के निर्जन उजाड़, रेत की कछार, मेकल पहाड़ की चोटी या नदी की तेज धार के नीचे

के तलघर में घूमता रहा होगा। यह भी अनुमान है कि आकाश में चमकते चन्द्रमा की रोशनी में वह लड़की भी उसी तरह सोने की धुँधली चमकती धातु में बदल जाती होगी, जिस तरह जनार्दन सिंह पटवारा की साइकिल की हैंडिल रात में सोने की हैंडिल में बदल जाया करती थी।

दिलचस्प बात तो यह है कि अब हमारा भालू कविताएँ लिखने लगा था और 'कवि जी' के रूप में मशहूर हो गया था। कई छोटी-छोटी पत्रिकाओं में उसकी कविताएँ छपतीं। उसने एक-दो किताबें भी छपा डाली थीं। लेकिन जब वह मुझसे मिलने आया तो बिल्कुल पहले वाला भालू ही लगा। मैंने सोचा था कि अगर अब मैंने उसे 'भालू' कहा तो वह नाराज होगा, कहेगा कि मुझे डॉक्टर राजोरिया कहो या बालगोपाल जी या बी.जी. लेकिन जैसे ही मैंने कहा—'भालू' उसने बड़ी सहजता से मेरी ओर देखा और बोला—'हाँ'। मैं बचपन की तरह एक बार फिर हार गया था।

मैंने उसे चिढ़ाने के लिए गाना गाया—'आलू भांटा की तरकारी।'

बालू ने बिना रुके संगत की—'नाचे भालू की महतारी, चना जोर गरम...।' और हँसने लगा। बिल्कुल पहले की तरह।

उसे चिढ़ाया नहीं जा सकता था। वह अजातशत्रु था। अपराजेय। हम दोनों हँसने लगे। इतना कि दोनों की आँखें डबडबा गयीं और उनमें से आँसू बहने लगे।

भालू बिल्कुल भी नहीं बदला था, जब कि इस बीच सारी दुनिया पूरी तरह से बदल चुकी थी। हमारा गाँव भी पहले वाला, मिट्टी के कच्चे घरों और खपड़ैलों वाला गाँव नहीं रह गया था। वहाँ कई पक्के मकान बन गये थे। चार-पाँच घरों में टी.वी. के डिश एंटिना लग गये थे। जुताई के लिए ट्रैक्टर आ गये थे। हल-बैल से जुताई की जगह किसान, अगर अपने पास न हो तो किराए से ट्रैक्टर ले आते। रोपाई, निराई, गहाई और बिनौने का काम औरतें करने से कतरातीं। खेतों के काम के लिए मजदूर नहीं तैयार होते थे। कांदो-कीचड़ में कौन दिन भर घुसे? भूमिहीन लोग बड़ी संख्या में गाँव छोड़कर

शहर चले गये थे। वहाँ वे रिक्शा चलाते या कांस्ट्रक्शन के काम में मजदूरी करते। कुछ सड़क की पटरियों पर रेहड़ी-ठेला लगाते। गाँव में कुछ नहीं बचा था। सारी नकदी शहरों में ही सिमट गयी थी। रोजगार भी वहीं था। कहीं फ्लाइओवर बन रहा होता, कहीं होटल, कहीं कई-कई मंजिल ऊँचा रिहाइशी कांप्लेक्स, कहीं मेट्रो रेल। गाँव में चोर तक नहीं झाँकते थे। सेंध मारते तो उन्हें भात के तबेले और कैथ-करौंदा के देशी अचार की हँड़िया के अलावा और कुछ न मिलता। अनाज खेतों में अब भी पैदा होता था, लेकिन बाजार में उसका कोई दाम नहीं था। सरकार हल्ला-गुल्ला मचाने पर या किसानों की हालत पर तरस खाकर कभी-कभार अनाज उनसे खरीद कर अपने गोदामों में सड़ा डालती।

कुल मिलाकर हालत खराब थी। लेकिन तरक्की तब भी हुई थी। हमारे गाँव से जो चार किलोमीटर का रास्ता खेतों, जंगल और पहाड़ी के बीच से जाता था, जहाँ जनार्दन सिंह कलारी से ठर्रा पीकर लौटता हुआ अपनी साइकिल के साथ किसी गड्ढे में गिरा मिलता था, वह रास्ता स्टेटहाइवे की कोलतार वाली पक्की सड़क में बदल गया था। जंगल कट चुका था और वहाँ केडियाजी का डेढ़ करोड़ का कोल्ड स्टोरेज़ बन गया था। कछार और मेकल पर्वत की तलहटी से होकर गुजरने वाली कच्ची सड़क, जिस पर हमारा भालू रात में साइकिल चलाता था, अब विश्व बैंक की मदद से पक्के, हाइवे में तब्दील हो चुकी थी। उस पर दिन-रात ट्रक और दूसरी गाड़ियाँ दौड़ती रहती थीं। सड़क के दोनों ओर ढाबे खुल चुके थे। शाही पनीर, छोले मसाला, मलाई कोफ्ता, तन्दूरी चिकन, दाल मखनी, बटर चिकन, दाल फ्राइ, बिरयानी और जाने क्या-क्या वहाँ हर पल तैयार मिलता। रात में सड़क के किनारे गरीब औरतें धन्धे के लिए खड़ी दिखतीं। पड़ोस के गाँव की फुलवन्ती ट्रक ड्राइवरों के बीच 'नीली चड्डी वाली' के नाम से मशहूर थी।

तरक्की तो हुई थी। ठूनु, समनू, रमैया, कोदू के बेटे-बेटियों के नाम अभिषेक, रितिक, सनी, सोनाली, एकता, रिंकू जैसे होने लगे थे।

एम.एल.ए. त्रिपाठी अब लोक निर्माण मन्त्री बन गये थे। सरपंच ठेकेदार बन गया था और उसके घर में टाटा 407, कमांडर जीप और एस्कोर्ट का ट्रैक्टर खड़े हो गये थे। हाँ, स्कूल की इमारत ढह गयी थी और बच्चे पेड़ के नीचे पढ़ने जाते थे। सरकारी अस्पताल में ढोर-डांगर सोते थे। गाँव के गरीब घरों में ऐसी नयी पीढ़ी अचानक पैदा हो गयी थी, जिसका हुलिया और नाक-नक्शा शहर के अमीरों की औलाद से मेल खाता था।

लेकिन आश्चर्य कि भालू अब तक वही था। वही पहले वाला भालू। पता चला कि ब्याज मुक्त कर्ज़ की सारी योजना के बावजूद उसने अपने पी.एफ. से कार नहीं खरीदी। उसने साइकिल ही लिया। हर दूसरे साल वह पुरानी साइकिल बेच देता और नयी खरीद लेता। कॉलेज वह साइकिल से ही जाता।

भालू ने जिस लड़की से प्यार किया था और फिर 'लव मैरिज', उस लड़की का नाम माला था। भालू को जब उस पर बहुत प्यार आता तो वह उसे 'माला-डी की गोली' कहता। वह उसे ऐसे में 'भालू' या कभी-कभी 'आलू' कहती। वर्ना ज्यादातर, सामान्य अवस्था में वह उसे 'ए' या 'ऐ' कहती थी। भालू उसे साइकिल के कैरियर पर बिठाकर फिल्म दिखाने या बाजार खरीदारी करने ले जाता। लेकिन शहर के बाहर, जहाँ सुनसान होता, वह उससे कहता–'आओ, सामने डंडी पे बैठ जाओ माला डी।'

माला जब डंडी पर बैठती तो भालू की नाक में हवा में उड़ते उसके बाल घुसते और भालू की नाक में या तो खुजली होती या उसे छींक आने लगती। वह माला की पीठ पर अपनी नाक रगड़ता, जिससे माला को खूब गुदगुदी मचती और वह डंडी पर बैठी-बैठी जोरों से हँसने लगती। ऐसे में साइकिल का हैंडिल डगमगाने लगता। अगर वहाँ जंगल होता, तो जो हवा भालू के नथुनों में घुसती, उसमें वनस्पतियों की गन्ध और जंगल की नमी होती। लेकिन माला अपने बालों में 'केयोकारपिन' का तेल लगाती थी, इसलिए वह वनस्पतियों और 'केयोकारपिन' की मिली-जुली गन्ध होती। भालू को गन्ध का

यह मिक्स्चर बहुत पसन्द था। वह सराबोर होता हुआ बहुत खुश होता। जोर-जोर से पैडल मारने लगता। वह चाहता था कि माला ऐसे में गाना गाए, लेकिन शादी के बाद से आज तक माला ने गाना कभी नहीं गाया था। उसे गाना आता ही नहीं था। एकाध बार उसने 'हूँ...हूँ...हूँ' करते हुए गाने की कोशिश भी की तो पहले तो उसे हँसी आयी फिर खाँसी का दौरा पड़ गया।

'रहने दो। बाद में गा लेना।' भालू ऐसे में कहता और फिर 'माला डी' की गर्दन में नाक रगड़ते हुए उसकी 'केयोकारपिन' सूँघने लग जाता।

दोनों की शादी के दस साल हो गये थे, लेकिन अभी तक वे माता-पिता नहीं बने थे। लगता है यह बात वे भूल ही गये थे।

बहरहाल, भालू ने जो घटना मुझे उस दिन बताई, वह उसके साथ अभी चार महीने पहले ही घटी थी। भालू उस घटना से बहुत परेशान था। उसके मुताबिक इस शहर में आने के बाद उसने हमेशा की तरह अपनी पुरानी साइकिल बेच दी थी और 'मजीद एंड संस एंड ब्रदर्स' की मशहूर साइकिल की दूकान से नयी साइकिल खरीदी थी। यह साइकिल थी तो काले रंग की, लेकिन वह काला दूसरे कालों से बिल्कुल अलग एक अजब तरह से काला था। एक नज़र में वह काफी चिकना, चमकीला, किसी धातु का रंग लगता, तो दूसरे ही पल वह घिसा हुआ मटियाया-सा, काही रंग का खुरदुरा दिखने लगता। ऐसा भी नहीं था कि धूप का कोण या रोशनी के कम-ज्यादा होने की वजह से ऐसा होता रहा हो। ऐसा अपने आप हो जाता। देखते-देखते।

'मज़ीद एंड संस एंड ब्रदर्स' की दूकान पर जब उसने पहली बार इस साइकिल को देखा, तो वह काले रंग के इस खेल को फौरन ताड़ गया। फिर तो बहुत देर तक वह इसी फेर में उलझा रहा कि वह इसका असली काला पहचान ले, लेकिन वह बार-बार चकमा खा जाता था। यह उसने बाद में जाना कि काले की इस धोखा-धड़ी के पीछे साइकिल की डंडियों में खिंची उन दो समानांतर लकीरों का

हाथ है, जिनमें से एक का रंग नीला और दूसरे का सुनहला था।

दो पतली-पतली, बारीक सूत की तरह, साइकिल की तीनों डंडियों के समूचे त्रिभुज पर खिंची हुई समानांतर रेखाएँ। भालू जान गया था कि ये दोनों लकीरें जैसे ही एक पल को आदमी की आँख को अपनी ओर खींचती हैं, ठीक उसी पल वह काला अपना रंग बदल लेता है। भालू ने बहुत कोशिश की। साँस तक रोके रखा कि साइकिल की डंडी के काले रंग से आँख न हटे, लेकिन हर बार कोई न कोई गड़बड़ हो जाती। कभी पलक झपक जाती, कभी कहीं से कोई आवाज़ दाल-भात में मूसलचंद बनकर बना-बनाया खेल चौपट कर जाती।

'इत्मीनान से इस साले काले को देखूँगा, बाद में।' यही सोच कर भालू ने वह साइकिल खरीद ली थी। लेकिन उसमें ताला नहीं था। 'मजीद एंड संस एंड ब्रदर्स' के अशफ़ाक़ ने कहा था कि दो-चार दिनों में इस साइकिल का 'ओरिजिनल' ताला मिल जायेगा। 'डुप्लीकेट' तो अभी भी मिल जायेगा, लेकिन ज्यादा अच्छा होगा कि डॉ. बी. जी. राजोरिया दो-चार दिनों तक इन्तज़ार कर लें। वैसे भी इस शहर में चोरी-चकारी नहीं होती, इसलिए साइकिल मेहफूज़ ही रहेगी।

माला साइकिल के रंग से पहले खुश नहीं हुई। वह नीले या हरे रंग की साइकिल के इन्तज़ार में थी। लेकिन जब शाम को भालू उसे साइकिल के कैरियर पर बिठाकर शहर के बाहर हरदेई माता मन्दिर मार्ग की ओर ले गया जो खासा सुनसान होता था और कॉलेज के लड़के-लड़कियाँ उधर झाड़ियाँ या खड्ड खोजते फिरते थे, तो माला को वह साइकिल ठीक-ठाक लगने लगी। जब भालू ने, सुनसान देखकर उससे कहा कि "आओ, सामने डंडी पे बैठ जाओ, माला-डी!" तो वह हँसने लगी। "अच्छा भालू!" उसने ऐसा कहा। डंडी के साथ एक दिक्कत यह थी कि देर तक बैठे रहने पर वह नीचे से गड़ने लगती थी। इसीलिए घर से निकलते वक्त भालू एक तौलिया अपने कंधे पर डाल लिया करता था। तौलिए को दुना-तिनाकर डंडी पर रख दिया जाता और वह गद्दी बन जाती, जिस पर माला बैठती।

भालू का दिल करता कि माला भी साइकिल चलाना सीख जाये। वह बताता कि आजकल औरतें कार और स्कूटर ही नहीं हवाई जहाज भी चलाती हैं। लेकिन तमाम कोशिशों के बावजूद माला साइकिल नहीं सीख पायी।

"ये साइकिल दो अंगुल के पहिए पर सीधी टिकी कैसे रहती है? ऊपर से चलती भी है। मुझे तो यही सोच कर डर लगता है।" माला कहती।

भालू निराश हो चुका था। फिर उसने एक दूसरा रास्ता निकाला। वह माला को आगे साइकिल की सीट पर बिठा देता और खुद पीछे कैरियर पर बैठ जाता। वह माला से कहता, "तुम हैंडिल सँभालो। मैं पैडल मारता हूँ।" भालू पीछे से सीट पकड़कर, कैरियर पर बैठा हुआ पैडल मारता और माला सीट पर बैठी हैंडिल सम्भालती। भालू को अच्छा लगने लगता तो वह पीछे से माला की जाँघें सहलाता और उसकी पीठ पर नाक रगड़ता। गुदगुदी के मारे माला हँसती तो हैंडिल डगमगाने लगती।

आज नयी साइकिल की डंडी पर माला जब बैठी हुई थी और जब हवा में उड़ते हुए उसके बाल भालू की नाक में खुजली पैदा करने लगे और भालू पहले छींकने और फिर उसकी गर्दन पर नाक रगड़ने लगा, तभी अचानक उसे लगा कि आज नयी साइकिल की डंडी पर माला नहीं कोई दूसरी, नयी लड़की बैठी हुई है। यह एक अजब-सा अनुभव था। डंडी पर माला के होते हुए भी वहाँ कोई दूसरी लड़की थी, जो माला न होते हुए भी, माला थी। क्या यह अपना रंग बदलने वाली साइकिल की काली डंडी का कमाल था? भालू को इतना अच्छा लगा कि वह और जोर-जोर से अपनी नाक उसकी गर्दन पर रगड़ने लगा। तभी माला ने मुस्कराते हुए कहा, "भालू, मैंने आज भृंगराज तेल लगाया है।"

भालू की समझ में अब आया कि जंगल की वनस्पतियों, घास, नमी और फूलों से सनी हवा में आज 'केयोकारपिन' की महक की जगह 'भृंगराज' होने के कारण माला दूसरी लड़की में बदल गयी थी।

खैर, शहर से दूर, माता हरदेई मंदिर मार्ग के सुनसान में भालू ने माला को साइकिल की डंडी के काले रंग के खेल के बारे में बताया। माला पहले तो मानने को तैयार नहीं हुई, लेकिन जब उसने भी आँखें गड़ाकर डंडी के काले रंग को घूरना शुरू किया तो उसे लगा कि भालू सच कह रहा है। आख़िरकार थककर उसने कहा, ''ऐसा तो हर काले रंग की साइकिल के साथ होता होगा। तुम किसी भी काली साइकिल को घूरो तो उसकी डंडी अपना रंग जरूर बदलेगी। या फिर क्या पता कि सारी गड़बड़ इन दोनों लकीरों की वजह से होता हो। नीली और सुनहली।''

उस रोज भालू दुःखी था कि माला को ये बहुत महत्त्वपूर्ण बात नहीं लगी। लेकिन उस रोज़ शहर से लौटते हुए भालू ने अपनी 'माला-डी' के लिए कई ब्रांड के तेल खरीदे। डाबर आँवला, वैसलिन हेयर टॉनिक, नव रतन, हिम कल्याण वगैरह-वगैरह। सब की गन्ध एक-दूसरे से अलग थी।

लेकिन वह घटना जिसने डॉ. बी.जी. राजोरिया उर्फ बाल गोपाल राजोरिया उर्फ बालू अर्थात् भालू को परेशानी में डाल दिया था, वह घटना तो रह ही गयी। अब आप संक्षेप में उसी का विवरण सुनिए।

उस दिन कॉलेज से लौटकर भालू ने पेट भर से ऊपर खा लिया था। कढ़ी ऐसी थी, जैसी माँ बनाती थी। फिर पके हुए सिन्दूरिया आम की फाँकें। भालू जब खाने पर आता, तो डकार की जगह तक नहीं छोड़ता था। 'खाए के परे रहो और मार के टरे रहो।' यह वाक्य वह अक्सर बोलता था। बचपन में गाँव में किसी ने अच्छे स्वास्थ्य और समझदारी का यही नुस्खा बतलाया था, जिसका पालन करते हुए भालू हपच कर खाता और फिर पलंग पर लम्बा पसर जाता। खाकर सो जाना चाहिए और किसी को मार-पीट कर वहाँ से टल जाना चाहिए—यह नुस्खा यही सिखाता था।

तो, उस दिन भालू कढ़ी-चावल और आधा किलो आम खाकर सोया हुआ था कि माला ने आकर उसे जगाया। ''कोई पुलिस वाला तुम्हें पूछ रहा है।'' उसने कहा। भालू उठकर बाहर आया तो

साइकिल पकड़े एक पुलिस वाला खड़ा था। "क्या बात है?" भालू ने पूछा। उसने कभी किसी पुलिस वाले से आज तक बात नहीं की थी। पुलिस वाला काफी मरियल और बीमार-सा लग रहा था, जैसे टायफायड की लंबी बीमारी से आज ही उठा हो। "चलो, साहब ने बुलाया है।" उसने अपनी साइकिल की हवा देखते हुए कहा। "लेकिन बात क्या है?" भालू थोड़ा-थोड़ा डर रहा था, जिसे वह छुपाना चाहता था। "मेरे को पता नहीं। साहब ने साथ ले आने को कहा है।" उस मरियल सिपाही ने कहा। भालू समझ गया कि बिना साथ लिए यह खड्डूस यहाँ से जायेगा नहीं। "मैं बाद में आ जाता मुंशीजी, तो?" उसने पहले कहा। फिर अचानक बोला "अच्छा, चलता हूँ। दो मिनट में तैयार हो के आता हूँ। असल में आज कढ़ी-चावल ज्यादा खा गया था।" भालू ने ऐसा उस पुलिस वाले को खुश करने और उससे थोड़ी-सी आत्मीयता बनाने के लिए कहा था, लेकिन उसने भालू को ऐसे देखा, जैसे उसे अजीर्ण या कब्ज़ हुआ हो, तो भालू डर गया।

उसे थाने के बरामदे में देर तक एक बेंच पर बैठे रहना पड़ा। उसने बहुत सोचने की कोशिश की कि उसे आख़िर थाने पर क्यों बुलाया गया। अपने होश-हवास में उसने कभी कोई अपराध तो किया नहीं था। फिर उसे लगा कि शायद उसकी पिछले दिनों लिखी एक कविता की वजह से उसे बुलाया गया होगा। उस कविता में उसने लिखा था कि आज़ादी के बाद चोरों, दलालों और ठगों ने सत्ता पर कब्जा जमा लिया है। यह भी कि इस देश में अब कोई भी शरीफ और सीधा-सादा आदमी जी नहीं सकता। भ्रष्ट ताकतवरों के कुत्ते उसका चीथड़ा उड़ा देते हैं। फिर उसे याद आया कि पिछले दिनों उसके कॉलेज के चार लड़के किसी अपहरण और फिरौती वाले केस में पकड़े गये थे। उनमें से एक लड़का उसके घर भी एकाध बार आया था। वह पढ़ने में ठीक-ठाक था। शायद नौकरी पाने या किसी छोटे-मोटे व्यापार की खातिर पैसा इकट्ठा करने के लिए उसने वह अपराध किया होगा। सम्भव है, उसी के बारे में कोई जानकारी लेने

के लिए उसे यहाँ बुलाया गया हो। वैसे भी यह कोई मामूली पुलिस स्टेशन नहीं, जिला पुलिस मुख्यालय का दफ़्तर था।

लगभग पौन घण्टे के बाद एक मोटा-सा मुस्कराता मुच्छड़ उसके पास आया और उससे तमीज़ के साथ बोला–"चलिए, साहब अन्दर बुला रहे हैं आपको।" भालू उसके पीछे-पीछे चलने लगा।

वह एक बड़ा-सा कमरा था, जिसकी दीवार पर गाँधीजी, नेहरूजी, शास्त्रीजी, राजेन्द्र प्रसाद और राधाकृष्णन, इन्दिरा गाँधी की तस्वीरें टँगी थीं। एक कोने की ओर सुभाषचन्द्र बोस और यशवंत राव बलवंत राव चव्हाण के चित्र भी थे। सामने बड़ी-सी मेज थी, जिसमें दो-तीन फोन रखे हुए थे। एक फोन अभी भी बज रहा था। ऐश ट्रे, पेपर वेट, पेन होल्डर, फाइलें, डस्टबिन और पीछे की दीवार पर ए.सी. वगैरह ऐसी सभी चीज़ें थीं, जो सरकारी दफ़्तरों में किसी अफसर के कमरे में होती ही हैं। मेज़ के पीछे घूमने वाली कुर्सी से उठकर एक चिकने, गोल-मटोल चेहरे वाला, चपटी-चौड़ी नाक, घनी-काली भौंहों का साँवला-सा आदमी अपने सफेद दाँत निकाले उसकी ओर हाथ बढ़ाए मुस्करा रहा था। "आइए, आइए। माफ कीजिए आपको थोड़ा इन्तज़ार करना पड़ा। असल में मीटिंग ज़रा ज्यादा खिंच गयी। पुलिस की नौकरी का बुरा हाल है। आनन्द तो आप लोगों को है। पढ़ा, पढ़ाया और सृजन किया। हिही...ही...। हिही...ही...। ही।"

वी.के. भूधर। विनोद कुमार भूधर। यही उस युवा आई.पी.एस. का नाम था। उसने डॉ. बाल गोपाल राजोरिया उर्फ भालू के लिए कॉफी मँगाई।

"अभी इसी महीने मेरी पोस्टिंग यहाँ हुई है। यकीन करिये, जब से मैं यहाँ आया, उसी दिन से आपसे मिलने की तमन्ना दिल में थी। बहुत पढ़ा है आपको। इधर मेरी भी कुछ कविताएँ आयी हैं 'दिगन्त', 'साहित्य', 'शब्द' और 'रचना' जैसी प्रतिष्ठित पत्रिकाओं में। बड़ी साहित्य सेवा कर रहे हैं ये लोग। अभी 'साहित्य' वाले त्रिपुरारी शरण आये थे। हमने डेढ़ लाख का विज्ञापन दिलाया है। मेरी रचनाओं पर

दूरदर्शन के डिप्टी डायरेक्टर एल.डी. त्रिपाठी जी ने एक लम्बा लेख लिखा है। छाप रहे हैं। आप अपनी राय जरूर दीजिएगा।''

भालू पुलिस सुपरिंटेंडेंट भूधर जी से मिलकर खुश हुआ। उसे लगा कि अब शहर में उसका कुछ रौब-दाब बढ़ जायेगा। उसे याद आया कि अभी कुछ दिनों पहले ही भूधर जी को एक महान दिवंगत कवि की स्मृति में स्थापित एक बड़ा सम्मान मिला था। उनके मुकाबले भालू की हालत साहित्य में फटीचर ही कही जा सकती थी। यह उसका भाग्य ही था कि भूधर जी उसे मित्र और सहधर्मी मान रहे थे।

उस दिन भूधर जी के साथ वह दो घण्टे तक बैठा रहा। वे चाहते थे कि शहर में साहित्यिक-सांस्कृतिक गतिविधि शुरू की जाये। लोग एक-दूसरे से जुड़ें। सांस्कृतिक वातावरण का निर्माण हो। वे भालू को छोड़ने बाहर तक आये। भालू जब अपनी नयी साइकिल पर चढ़ने लगा तो भूधर जी ने पूछा कि आपने कार क्यों नहीं खरीदी?

''क्योंकि मुझे साइकिल में ही मजा आता है।'' भालू ने उत्तर दिया।

''समझ गया। जैसा सोचा था, आप बिल्कुल वैसे ही निकले। सादगी और बचत की ही बात नहीं, पर्यावरण की भी बात है। जापानियों और चीनियों को देखिए, साइकिल ही चलाते हैं। यूनिवर्सिटी का वाइसचांसलर भी होगा, तो भी साइकिल से ही आयेगा-जायेगा। अभी मैं कवियों के एक डेलिगेशन में चाइना गया था। हमारे यहाँ तो इन विदेशी कम्पनियों ने माहौल बिगाड़ दिया है।'' सुपरिंटेंडेंट ऑफ पुलिस मिस्टर वी.के. भूधर ने कहा।

भालू जब थाने से निकलकर बाहर आया, तो जो पुलिस वाला उसको बुलाने आया था, वह बाहर एक ठेले वाले के पास खड़ा चाट खा रहा था। भालू को देखकर वह मुस्कराने लगा और उससे गोलगप्पे खाने का आग्रह करने लगा। भालू बड़ी मुश्किल से छूट पाया।

भालू ने जब घर में माला को थाने की बात बताई, तो माला खुश हुई। उसने कहा कि मुझे पता नहीं था कि कविता लिखने पर पुलिस वालों से दोस्ती होती है। भालू ने कहा कि अगर मैं साइकिल चलाना न सीखता तो कभी कविता न लिख पाता। उसने माला को पहली बार

यह बात बताई कि कविता लिखने और साइकिल चलाने में एक जैसा मजा आता है। लेकिन माला ने पूछा कि इसका मतलब जो साइकिल नहीं चलाते, वे कभी कविता नहीं लिख सकते? तो इसका जवाब भालू नहीं दे सका और वह कपड़े से साइकिल को पोंछने लग गया।

और तीसरे ही दिन भालू की नयी साइकिल चोरी हो गयी। कॉलेज से लौटते हुए भालू शेविंग क्रीम और साबुन खरीदने मित्तल डिपार्टमेंटल स्टोर्स में मुश्किल से पाँच मिनट के लिए घुसा था। बाहर आया तो साइकिल नहीं थी। उसने लोगों से कहा कि उसने साइकिल इसी जगह, बिजली के खम्भे के पास, पी.सी.ओ. के बगल में, खड़ी की थी लेकिन लोग कोई खास रुचि नहीं ले रहे थे। साइकिल की चोरी ऐसी घटना नहीं थी कि वे इससे डरें, घबड़ाएँ या महत्त्वपूर्ण मानें।

भालू उस दिन रिक्शे में बैठकर पूरे शहर में घूमता रहा कि कहीं उसे उसकी काले रंग की साइकिल खड़ी दिख जाये। उसे मज़ीद एंड संस एंड ब्रदर्स के अशफ़ाक़ पर जबर्दस्त गुस्सा आ रहा था। 'डुप्लीकेट' ताला ही दे देता, तो साइकिल तो कम से कम बच जाती। ''शहर में ऐसी चोरी-चकारी तो होती नहीं। साइकिल मेहफूज रहेगी।'' ये उसी साले अशफ़ाक़ की दुम ने कहा था। अब? हो गया न काम!

घर लौटकर आया तो माला झगड़े पर उतारू हो गयी। ''अभी फोन करो एस.पी. को। किस दिन काम आयेंगे। तुमको पता नहीं, इन पुलिस वालों को सारे चोरों की जानकारी रहती है। हफ़्ता बँधा रहता है। मुझसे लिख के ले लो। हमारी साइकिल कहीं नहीं जायेगी।''

भालू को सबसे ज्यादा इस बात का दुःख था कि पता नहीं दूसरी साइकिल में वैसा धोखेबाज काला रंग मिलेगा कि नहीं। उसने उस दिन उसी कम्पनी की, उसी रंग की दूसरी साइकिलें मज़ीद एंड संस एंड ब्रदर्स की दूकान पर देखी थीं। लेकिन उनका काला बिल्कुल मामूली काला था। ज्यों का त्यों। काला का काला। हालाँकि नीली और सुनहली लकीरें उनकी डंडियों पर भी पड़ी थीं, लेकिन वे बेजान थीं। उनमें कोई करिश्मा नहीं था।

भालू सचमुच बहुत दुःखी था। उसे यह ठीक नहीं लग रहा था कि साइकिल की चोरी जैसी मामूली बात वह एस.पी. भूधर जी को बताए। फिर भी वह पहले जिला पुलिस मुख्यालय गया। वहाँ उसे वही मरियल पुलिस वाला मिल गया, जो उस दिन उसे बुलाने आया था और बाद में गोलगप्पे खाने की ज़िद कर रहा था। उसका नाम सुधीर कुमार पाण्डे था। वह भालू से मिलकर बहुत खुश हुआ। वह भालू को अपनी साइकिल के कैरियर पर बिठाकर थाने ले गया। थाने का हवलदार कोई राणा था। उसकी बड़ी-सी तोंद थी और गला इतना मोटा था कि उसमें से आवाज फँसी हुई बाहर आती थी। राणा को जब पाण्डे ने बताया कि लेक्चरर साहब नये एस.पी. साहब के दोस्त हैं और दोनों लोग किताब लिखने का काम करते हैं, तो राणा भी खुश हुआ। उसने कहा कि चोरी की रिपोर्ट लिखने या एफ.आई.आर. दर्ज़ कराने से कोई फायदा नहीं। साइकिल महीने भर के भीतर-भीतर मिल जायेगी। राणा ने बताया कि असल में चोरी की साइकिलें इकट्ठा, थोक में बरामद होती हैं। इस बार जैसे ही साइकिलें पकड़ी गयीं, वह खबर भेज देगा। पुलिस चौकी में हवलदार राणा ने सामने की होटल से समोसे, छोले और स्पेशल चाय मँगा कर सत्कार किया। फिर पूछने लगा कि एस.पी. साहब से कब से पहचान है? साथ-साथ आप लोगों ने पढ़ाई वगैरह की होगी? उसने पूछा। वह बहुत निराश हुआ, जब भालू ने उसे बताया कि वह तो एस.पी. साहब से कुल मिलाकर एक ही बार मिला है। राणा ने बात को सँभालते हुए कहा, "गीत-कवित्त और साइकिल न सही, हमारे और पाण्डे के लिए तो आप एस. पी. साहब से मेल-जोल बनाए रखो।"

इसके बाद कई हफ्ते गुज़र गये। भालू कभी-कभी पुलिस थाने के सामने से जानबूझ कर निकलता। हवलदार राणा कहीं भूल न गया हो। राणा उसे देख कर मुस्कराता। साइकिल का जिक्र ही नहीं होता था। भालू थाने में अपना फोन नम्बर भी लिखा आया था। उसे हमेशा इन्तज़ार रहता कि थाने से पुलिस का फोन आयेगा।

लेकिन ऐसा न होता। वह नयी साइकिल भी नहीं खरीद पा रहा था। वह परेशान रहने लगा।

कई बार मन होता कि वह माला को लेकर माता हरदेई मार्ग पर बहुत दूर निकल जाये, जहाँ मोहिनी नाम की छोटी-सी नदी बहती थी और वहाँ दोनों एक साथ नहाएँ। मौका लगे तो नदी की धार के भीतर वह माला-डी को डंडी पर बिठाकर साइकिल चलाए। उसकी इच्छा होती कि जंगल में पहुँचकर वह माला की गर्दन में नाक रगड़े और सूँघे कि वह इस बार कौन-सी लड़की में बदल गयी है। उसके खरीदे हुए सारे तेल ज्यों के त्यों रखे हुए थे।

इस बीच दो बार एस.पी. भूधर उसके फ्लैट में आ चुका था और त्रिवेणी छगनानी महिला कॉलेज के वार्षिकोत्सव समारोह में दोनों अपनी-अपनी कविताएँ पढ़ चुके थे। हालाँकि भालू को यह बहुत बुरा लगा था कि कॉलेज की प्रिंसिपल सुश्री मालती अग्निहोत्री और गवर्निंग बॉडी के चेयरमैन श्री सुन्दरचन्द छगनानी ने एस.पी. श्री भूधर की कविताओं की ही अपने भाषण में प्रशंसा की थी। भालू मंच पर किसी गरीब मदारी की तरह बैठा हुआ था, जिसे सड़क से पकड़कर जबरन वहाँ ले आया गया हो। उसका परिचय भी कवि के रूप में नहीं, शासकीय महाविद्यालय के 'हिन्दी साहित्य के विद्वान् प्राध्यापक' के रूप में करवाया गया था।

भालू के पास जब से साइकिल नहीं रह गयी थी, वह खोया-खोया रहता। इन दिनों वह ताँगे से कॉलेज जाने लगा था। वैसे, शहर में सवारियाँ आमतौर पर रिक्शे पर चलती थीं। ताँगा सामान्य सवारी नहीं थी। लेकिन भालू को रिक्शे के मुकाबले ताँगा इसलिए पसन्द था, क्योंकि ताँगे को घोड़ा खींचता था, आदमी नहीं। इस बात से यह निष्कर्ष निकालना भी बहुत उचित नहीं होगा कि भालू के भीतर घोड़ों के प्रति आदमी की तुलना में कम सहानुभूति या दया थी। दरअसल भालू को ताँगा इसलिए पसन्द था कि उसमें बैठने के बाद पीछे की ओर देखा जा सकता था। इस तरह देखने में ज्यादा इत्मीनान रहता था। पीछे देखते हुए छुपे भी रहा जा सकता था। जब कि रिक्शे

में सामने की ओर मुँह और चेहरा करके बैठना पड़ता था, जिसको हर कोई देख लेता था। दूसरी बात यह थी कि यह ताँगा भालू को अपने किराए के मकान से निकलते ही, पीपल के पेड़ के नीचे सोये मैकू मेहरदीन के साथ तुरत मिल जाता था। मैकू मेहरदीन गाँजा पीता था। ताँगे में घोड़े और गाँजे की जो मिली-जुली गन्ध होती, वह भालू को बहुत अच्छी लगती थी। और तीसरी बात यह थी कि ताँगे का किराया भालू ने 'मंथली' के हिसाब से तय कर लिया था, जो रिक्शे के मुकाबले कम था। वैसे, यह बात भी सच थी कि ताँगे में कॉलेज जाना भालू को खुद भी अटपटा लगता था। खासतौर पर पिछले कुछ दिनों से, जब से बी.ए. फाइनल में पढ़ने वाली लड़की जसप्रीत कौर अपनी साइकिल के साथ उसके ताँगे के पीछे-पीछे बीच रास्ते से लग जाती थी। पौने छह फुट ऊँची, हट्टी-कट्टी जैबलिन थ्रो, डिस्क थ्रो और भारोत्तोलन में चैम्पियन जसप्रीत कौर कॉलेज में 'मालेश्वरी' और 'दारा सिंह' के नाम से प्रख्यात थी। वह ताँगे के पीछे-पीछे साइकिल चलाती हुई लगातार भालू से बोलती रहती—आप कार क्यों नहीं खरीद लेते सर जी? स्कूटर ले लो गुरु जी! मेरी साइकिल पे आ जाइए सर। सर आपका घोड़ा हँस रहा है। क्या घोड़ा भी गाँजा पीता है सर? वगैरह-वगैरह। भालू परेशान हो जाता।

भालू परेशान होकर पुलिस चौकी बार-बार जाने लगा। हवलदार राणा पहले तो चाय पिला देता था, फिर धीरे-धीरे चाय पिलाना तो दूर भालू को देखकर उसने मुस्कराना और कुर्सी से उठना भी बन्द कर दिया। हवलदार राणा उससे एस.पी. साहब के बारे में बात करना चाहता, जब कि भालू चाहता था बात उसकी साइकिल के बारे में हो। एक दिन माला ने कहा कि पड़ोस के पाठक जी, जो कि कॉलेज में फिजिक्स पढ़ाते हैं, कह रहे थे कि डॉ. बाल गोपाल राजोरिया को चाहिए कि वह हवलदार या थाने के एस.एच.ओ. से साइकिल चोरी की एफ.आइ.आर. की कॉपी ले ले। पुलिस वाले इसीलिए एफ.आइ.आर. नहीं दर्ज करते क्योंकि फिर उन्हें तफ्तीश करनी पड़ती है।

इस बार भालू ने हवलदार राणा से एफ.आइ.आर की कॉपी माँगी। राणा पहले तो टालता रहा फिर गरम होने लगा। भालू भी गरम हुआ। राणा गुस्से में उठा और बोला, "नहीं है एफ.आई.आर.। तुम उसे लेकर करोगे क्या? तुम्हें साइकिल चाहिए कि एफ.आई.आर.? आओ मेरे पीछे। हजार रुपल्ली की साइकिल के पीछे तुमने जान आफत में कर रखी है। यहाँ लाखों की चोरी होने पर भी बन्दे तमीज़ से बात करते हैं। कोई इस तरह जान हलाकान नहीं करता।"

हवलदार भालू को थाने के पिछवाड़े ले गया। वहाँ गिरी-पड़ी इंटहे दीवार का एक अहाता था, जिसके अन्दर टूटी-फूटी कारों, स्कूटरों, साइकिलों, टायरों, पहियों, इंजनों का कबाड़ भरा हुआ था। उसी दीवार के दाहिने कोने पर पन्द्रह-बीस टूटी-फूटी, जंग खाई साइकिलें खड़ी हुई थीं। "ले जाओ कोई भी छाँट कर। मरम्मत करा लेना। तुम्हारी वाली साइकिल मिली भी, तो अब ऐसी ही हालत में मिलेगी।"

"लेकिन ये मेरी साइकिल तो नहीं है।" भालू ने कहा।

"तुम्हें साइकिल से मतलब है कि टंटा खड़ा करने से। ले जाओ कोई सी भी।" राणा ने उसे पटाने की कोशिश की। भालू सचमुच परेशान था। एक तो चोरी की, किसी और की साइकिल उठा लेने की गवाही उसका मन नहीं देता था, ऊपर से उसकी समझ में यह नहीं आ रहा था कि वह हवलदार राणा को अपनी साइकिल के रंग बदलने वाले काले रंग के बारे में कैसे बताए। शायद अपने जीवन में अब वह कभी भी वैसी दूसरी साइकिल नहीं खरीद पायेगा, जिसका कोई रंग अपने आप चुपके से अपना रंग बदल ले।

आख़िर बहुत देर सोच-विचार करने के बाद भालू ने कहा—"देखिए, आप ऐसा करिए कि एफ.आइ.आर. की कॉपी ही मुझे दे दीजिए। चोरी की और फिर दूसरे की साइकिल तो मैं नहीं ले जाऊँगा।"

"आप जानबूझ कर पंगा ले रहे हो। कॉलेज के प्रिंसिपल साहब भी कह रहे थे कि ताँगे में कॉलेज आकर आप सबकी नाक कटा रहे हो।" हवलदार राणा ने समझाने की कोशिश की।

"उसकी कोई बात नहीं। आप रिपोर्ट की कॉपी तो दे ही दें।" भालू ने फिर कहा।

उसका कहना ही गलत हो गया। हवलदार राणा उसकी ओर देखकर मुस्कराया–"नहीं तो आप एस.पी. साहब से मेरी शिकायत कर देंगे, है न?" हवलदार अपनी कुर्सी पर दुबारा बैठ गया और उसके पास ही खड़े सिपाही से सिर्फ़ अपने लिए एक स्पेशल कॉफी मँगवाई और दाँत कुरेदते हुए डॉ. बाल गोपाल राजोरिया से कहा, "एस. पी. साहब भी तुम्हारी असलियत जान चुके हैं। तुम गाँजा पीते हो। ताँगे वालों के साथ बैठकर। और कॉलेज की लड़कियों से इश्कबाजी करते हो बीच सड़क पर। अब खोपड़ी मत खाओ। साइकिल बरामद हो जायेगी तो इत्तला कर देंगे।"

भालू बहुत थका-हारा घर पहुँचा। उसने माला से ठीक से बात नहीं की। रात में पुलिस वालों के खिलाफ एक कविता लिखी। ठीक से खाना नहीं खाया और देर रात तक सो नहीं सका।

लगभग तीन महीने बाद, एक दिन सुबह-सुबह सुपरिंटेंडेंट ऑफ पुलिस वी. के. भूधर अपनी जीप में भालू के घर पहुँचे। उन्होंने भालू से तुरन्त तैयार होकर साथ चलने के लिए कहा। उन्होंने किसी बहुत बड़ी साहित्यिक संस्था की स्थापना की थी। वहाँ पर देश के जाने-माने साहित्यकार, कवि, संपादक, पत्रकार आदि पहुँच रहे थे। भूधर जी चाहते थे कि भालू भी वहाँ चलकर अपनी कविताओं का पाठ करे। भालू ने मुझे उस आयोजन का जो विवरण दिया था, वह लगभग उसी के शब्दों में इस प्रकार था।

"मेरी तो हवा वहाँ खिसक गयी यार! सारे के सारे पुलिस वाले, आबकारी वाले, तहसील और दूसरे सरकारी महकमों के अफसर वहाँ कविताएँ पढ़ रहे थे। जो बड़ा-सा हाल था, उसमें उन्हीं के परिवार और सरकारी डिपार्टमेंट के लोग भरे हुए थे। अजब बात थी यार! हर जगह निजीकरण हो रहा था, साहित्य को सरकारी सेक्टर में ले आया गया था। वहाँ भूधर जी ने भी अपनी कविताओं का पाठ किया। कई साहित्यिक पत्रिकाओं के शताब्दी अंकों का विमोचन वहाँ हुआ। कुछ पुस्तकों का लोकार्पण भी हुआ।"

भालू ने बताया, अगले दिन सभी अख़बारों में इस कार्यक्रम की खबरें छपीं। लेकिन भालू जिस घटना से आज तक परेशान है, वह रात में घटी। हुआ यह कि कार्यक्रम के बाद सब लोग सर्किट हाउस आ गये। वहाँ भूधर जी ने खाने-पीने का इन्तज़ाम करवा रखा था। भालू ने कहा कि यार अगर मुझे थोड़ा भी अन्दाजा होता कि साहित्य का असली संसार कौन-सा होता है, तो मैं कसम खाता हूँ कि कभी कविता न लिखता।मैं तो सोचता था कि साइकिल चलाने में जो सुख और आनन्द मिलता है, उसमें बैठ कर जैसे मैं किसी दूसरी दुनिया में, नदी के तलघर में, दूर-दूर तक फैली चन्द्रमा की रोशनी में डूबी रेत की कछार में, जहाँ चन्द्रमा साइकिल की हैंडिल में सोने की तरह जलता है या मेकल पर्वत की चोटी पर पहुँच जाता हूँ, कविता भी उसी तरह है। लेकिन यार, यहाँ तो मैं कहीं और पहुँच गया था। वे लोग तो वहाँ पी-पी कर धुत थे, उनसे खड़ा नहीं हुआ जा रहा था, लेकिन सब के सब साहित्य और समाज को बदल डालना चाहते थे।

भालू ने बताया कि आधी रात जब सुपरिंटेंडेंट ऑफ पुलिस भूधर जी और कुछ साहित्यकारों तथा पत्रकारों के साथ सरकारी जीप में वह लौट रहा था, जीप भूधर जी ही चला रहे थे और वे आधा घण्टे से अपनी कविताओं के साथ गजानन माधव मुक्तिबोध की कविताओं की तुलना कर रहे थे, तभी अचानक भालू ने कहा था कि अच्छा हो अगर आप मेरी साइकिल बरामद करवा दें। भूधर जी जब बात को टालते हुए कबीर की फक्कड़ता और उनकी कविता पर बोलने लगे तो भालू ने उन्हें यह बताना मुनासिब समझा कि वह कभी भी गाँजा आदि नहीं पीता और हवलदार राणा दरअसल झूठ बोल रहा है। भालू ने उन्हें अपने उन अनुभवों के बारे में भी बताना चाहा, जो साइकिल के साथ उसके बचपन से जुड़े हुए थे। उसने बताया कि कैसे एक बार वह नदी की धार के भीतर तलघर में अपनी साइकिल के साथ जल मकड़ियों, बाम मछली और पानी वाले साँपों के बीच फँस गया था।

एस.पी. साहब नाराज होने लगे थे। उन्होंने गुस्से में जोर देकर कहा कि साहित्य और संस्कृति का पतन हो रहा है। यह समय सामाजिक उद्देश्य से भरे हुए साहित्य को रचने का गम्भीर समय है। हद है कि आप इतनी देर से अपनी फिसड्डी साइकिल का राग आलाप रहे हैं, तो भालू ने उनसे साइकिल के काले रंग और उसकी डंडियों के त्रिभुज में खिंची उन नीली और सुनहली रेखाओं के बारे में बताना शुरू किया, जो देखने वाले की आँख को अपने साथ उलझाकर डंडी के काले रंग को यह मौका देती थीं कि वह चुपके से अपना रंग बदल ले। उसने कहा कि उसकी पत्नी ने भी इसे देखा है कि वह काला रंग वास्तव में ऐसी ही अनहोनी हरकत किया करता था।

अब हद हो चुकी थी। एस.पी. भूधर ने एक्सीलरेटर पर पैर दबाया और इतनी तेज जीप भगाने लगे कि उसमें बैठे सभी लोग डर गये। 'साहित्य' पत्रिका, जिसके शताब्दी विशेषांक का लोकार्पण आज, इसी समारोह में हुआ था, उसके संपादक श्री त्रिपुरारी शरण ने भालू से कहा कि डॉ. राजोरिया अब आप कृपया चुप रहिए। 'शब्द' और 'रचना' पत्रिकाओं के सम्पादकों ने भी उसको चुप रहने का इशारा किया। लेकिन भालू का कहना था कि भूधर जी इतने खतरनाक तरीके से जीप भगा रहे थे और उन्होंने इतनी ज्यादा पी रखी थी कि वह वास्तव में डर गया था।

"धीरे चलिए। एक तो आपने इतनी पी रखी है, ऊपर से 80 किलोमीटर से ज्यादा स्पीड में जीप भगा रहे हैं। कानून की ही बात नहीं है, हम लोगों की लाइफ की भी बात है।" यह भालू ने कहा, "यकीन मानो मैंने बस यही कहा था कि अचानक एस.पी. साहब ने जीप रोक दी और मुझे धक्का देकर नीचे गिरा दिया।"

"कैसे-कैसे लोग घुसे पड़े हैं साहित्य में!" भूधर जी ने गुस्से में बिफरकर कहा था। भालू ने बताया कि जीप इसके बाद बड़ी तेजी से चली गयी। उसके भीतर से ठहाकों की आवाजें आ रही थीं। मैं तीन घण्टे उस रात पैदल चलता रहा। सवेरे चार बजे वापस घर पहुँचा। मेरे घुटने और कुहनी में खरोंचें थीं। थोड़ी-सी नाक भी छिल

गयी थी। माला मेरा हुलिया देखकर रोने लगी। भालू ने बताया कि इसके बाद उसने कान पकड़े और फिर वह कभी भी किसी साहित्यिक आयोजन में नहीं गया।

"मुझे वहाँ बड़ा डर लगता है यार! पता नहीं कौन कब धक्का देकर बाहर गिरा दे!" भालू ने उस दिन कहा था। वह वास्तव में परेशान था। इस बात को महीना भर से ऊपर हो गया।

मुझे देखिए, मैं लांड्री चलाता हूँ और अपना पेट पालता हूँ। साहित्य से भला मेरा क्या लेना-देना? भालू ने भी पिछले हफ्ते एक नयी साइकिल खरीद ली है और वह अभी भी 'बोलै रे चिरैया हो आधी रात, टिटी...हीं, टिटी...हीं, टिटी हीं...ऽ...ऽ ईं...ऽ...ऽ' गाता हुआ, देर रात शहर की सड़कोंपर, या माता हरदेई मंदिर मार्ग पर, अपनी साइकिल पर घूमता रहता है।

रात में अगर कोई अधनींद में उसकी आवाज सुनता है तो अपने आप मुस्करा पड़ता है।

मैं अपने बचपन के दोस्त बाल गोपाल राजोरिया उर्फ बालू उर्फ भालू से यह कहना चाहता हूँ कि भालू सुन, तू दरअसल और कुछ नहीं, सिर्फ़ रात में डरी हुई एक टिटिहरी भर है। और कहावत यही है कि किसी टिटिहरी के रोके आसमान कभी नहीं रुकता। तू अपनी साइकिल चला और आकाश की चिंता छोड़ दे।

भाई लोगो, आपको तो उस चिड़िया की कहानी भी पता होगी, जिसके अंडे समुद्र बहा ले गया था और तब से वह लगातार गुस्से और दुःख के साथ अपनी चोंच में रेत भर-भर कर समुद्र को पाटने में लगी है। हो सकता है आपको उस चिड़िया की इस कोशिश पर हँसी आये और हो सकता है आप समुद्र का ही साथ दें।

लेकिन जहाँ तक मेरी बात है, मैं तो उस टिटिहरी के ही साथ हूँ, जो आसमान को रोक रही है और उस बेवकूफ चिड़िया के ही साथ हूँ, जो समुद्र को अपनी चोंच की रेत से पाट रही है। मेरी यही बात भालू उर्फ बाल गोपाल राजोरिया के बारे में भी लागू होती है।

अरेबा-परेबा

सभी के शरीर में मस्से कहीं-न-कहीं होते ही हैं। उनकी संख्या ज़्यादा नहीं होती। हर कोई अपने शरीर में उनकी जगह के बारे में जानता है। उनकी संख्या का भी कुछ-कुछ अनुमान उसे होता है, लेकिन हमारे गाँव में सेमलिया की पूरी देह में मस्से-ही-मस्से थे। इतने कि उसे ख़ुद अपनी देह में उनकी जगह और उनकी संख्या के बारे में अन्दाज़ा नहीं होगा।

मस्से सबसे ज़्यादा उसके चेहरे पर थे।

मस्से भी बड़े-बड़े। गोल, चमकीले। चने की दाल या भुट्टे के दानों की तरह चेहरे पर छितराए हुए। उनमें से कोई-कोई तो काफ़ी बड़ा भी था। जैसे चेहरे पर त्वचा का कोई बुलबुला बन गया हो, कुन्दरू के आकार का। सेमलिया का रंग काला था।

यह तब की बात है, जब तक बिजली हमारे गाँव में नहीं आयी थी। रात में लालटेन, लैम्प और दीये जला करते थे। साँझबाती हुआ करती थी। बुआ शाम होते ही पहला दीया जलाकर, सारे घर में उसे फिराने के बाद, भगवान के पास रख देती थीं। उस दीये को सब प्रणाम किया करते थे। लैम्प को हम 'लम्फ' कहते थे।

ढिबरी भी होती थी, जो किसी छोटी-सी शीशी के ढक्कन में छेद बनाकर, उसमें चिथड़े की बत्ती डालकर और उसके काँच के पेट में मिट्टी का तेल भरकर बनायी जाती थी।

सेमलिया को याद करते ही ऐसी ही ढिबरी या लालटेन की पीली-धुँधली रोशनी में कौंधता हुआ एक काला, दानेदार, मस्सों से

भरा, डरावना चेहरा दिखाई देने लगता है। तरल हँसी में डूबी, मिचमिची आँखों वाला चेहरा।

"आ गया जमदूत!" बुआ सेमलिया को अदरक और तुलसी की चाय देते हुए कहतीं। सेमलिया अपनी हथेली को अँगोछे में लपेटकर टहटी का गर्म गिलास पकड़ता और रात के धुँधलके में धीरे-धीरे हँसता।

इस गाँव से दस मील दूर, एक दूसरे गाँव सिहाला में भी हमारे खेत थे। सिहाला पहाड़ी के ऊपर, जंगल के पार बसा हुआ एक छोटा-सा गाँव था। हमारे इस गाँव की मिट्टी बलुहन थी, जिससे यहाँ धान, कोदो, कुटकी, तिल जैसी फ़सलें ही होती थीं। जबकि सिहाला में काली चिकनी मिट्टी वाले खेत थे, जहाँ सब कुछ पैदा होता था। गेहूँ, चना, अलसी और धनिया भी।

सेमलिया ही हमारी खेती देखने महीने-पन्द्रह दिन में सिहाला जाता था। जब सेमलिया वहाँ से लौटता तो हमेशा रात ही क्यों होती थी, यह मैं नहीं समझ पाता था। शायद पैदल उतनी दूर चलने और फिर जैसा लोग कहते थे, जंगल एक ऐसा चुम्बक था, जो सेमलिया को अपने अन्दर खींच लेता था और फिर जंगल के भीतर यहाँ-वहाँ भटकने की वजह से सेमलिया को गाँव लौटने में देर हो जाती होगी। मैं इसीलिए उसका चेहरा लालटेन या ढिबरी की पीली रोशनी में ही देख पाता था।

सिहाला तक पहुँचने के लिए कई पहाड़ी-जंगली नाले और लगभग साढ़े चार मील लम्बा, एक घना जंगल पार करना पड़ता था। इसे रिछहाई जंगल कहते थे। इसमें जानवर रहते थे। तेंदुए, हिरण, चीतल, साँभर, रोझ। लेकिन सबसे ज़्यादा रीछ। जब महुए जंगल में पककर टपकते तो गाँव की औरतें उन्हें बीनने से डरतीं, क्योंकि रीछ औरतों को ही सबसे ज़्यादा पकड़ता था। एक बार पड़ोस के गाँव छिलपा की एक औरत को रीछ ने जंगल में पकड़ा तो उसने उसे पहचान लिया। वह फ़ौज से भागकर आया फुनगा गाँव का बिजराज सिंह था। वैसे कहते हैं एक बार एक डाकिये की लाश रिछहाई जंगल में मिली थी, जिसका सिर किसी रीछ ने ढक्कन की तरह खोलकर उसका भेजा निकाल लिया था और मनीऑर्डर के रुपये भी ले गया था।

अब तो उस रास्ते के सारे नाले सूख गये हैं। जंगल भी उतना घना नहीं रहा। सरकारी फॉरेस्ट ऑफ़िसर और ठेकेदारों ने मिलकर काट डाला। जानवर भी नहीं बचे। बस इक्का-दुक्का सियार कभी-कभार ज़रूर दिख जाते हैं।

अब तो हमारे गाँव में लालटेन और दीये भी नहीं जलते। बिजली आ गयी है।

सेमलिया अब नहीं है।

लेकिन लालटेन की धुँधली-कमज़ोर रोशनी में, मिचमिची आँखों में मुस्कुराता उसका काला, दानेदार, मस्सों से भरा डरावना चेहरा अब भी दिखने लगता है।

ऐसा डरावना, जिससे कभी डर नहीं लगता।

"जमदूत!" बुआ की आवाज़ उभरती है।

बुआ भी अब नहीं हैं। उनकी किडनी फेल हो गयी थी और मृत्यु के पहले उनकी देह सूज गयी थी। जैसे किसी ने पम्प से उनके भीतर हवा भर दी हो।

"मेरे भीतर पानी भर गया है।" उन दिनों वे कहा करती थीं।

सेमलिया जब रात में हमारे दूसरे गाँव सिहाला से लौटकर आता, तो लालटेन की रोशनी में बाँस के अपने टोकरे में से तरह-तरह की चीज़ें निकालकर आँगन में फैलाता जाता।

हरे-रोएँदार जंगली पड़ोरे, पहाड़ी बेर, शेर की मुखारी, चार-चिरौंजी, कठजमुनी, अमरुक, काँदा, छतनी, पूटू, छींदकाँद, जंगली करौंदे।

...और सिहाला के तालाब से पकड़ी गयी स्वादिष्ट सौर मछली, सरसों के तेल में जिसके तले हुए कोरौरा खाते हुए पिताजी गाँव के दूसरे लोगों के साथ रात में महुए की रासी पीते और सब लोग ज़ोर-ज़ोर से बोलते।

या फिर जाल में फाँसे गये तीतर, लावा, गुड़रू, पोंडकी।

सेमलिया हर महीने-पन्द्रह दिन में यह करिश्मा करता। और उसके डरावने, दानेदार, काले बीहड़ चेहरे की छोटी-छोटी आँखें ढिबरी या लालटेन की रोशनी में कौंधती रहतीं।

सेमलिया मेरे बचपन का जादूगर था।

सेमलिया ने एक बार मुझे जंगली ख़रग़ोश के दो छौने लाकर दिये थे। जंगली ख़रग़ोश को हम 'खरहा' कहते थे। उस रात कत्थई-भूरे रंग के दोनों छौने उसने मेरी गोद में डाल दिये थे। पहले मैं डरा। फिर मेरा डर तुरन्त ही दूर हो गया। वे दोनों बहुत ही छोटे थे।

मेरी उम्र तब छह-सात साल की थी।

नर्म, मुलायम, भूरी पीठ। मैंने अपनी डरती उँगलियों से उन्हें छुआ। उनके कान खड़े हो गये। उन्होंने चेहरा उठाकर मुझे चौंकते हुए देखा। मेरी उँगलियों के स्पर्श से उनके शरीर में एक सिहरन पैदा हो गयी थी। वे धीरे-धीरे काँप रहे थे।

...और उनके भूरे-कत्थई, नर्म रोयों में से एक अपरिचित-सी तेज़ गन्ध निकलकर आँगन के अँधेरे में फैल रही थी। लालटेन की मद्धिम रोशनी उस गन्ध में डूब गयी थी और धीरे-धीरे मेरी साँस के साथ मेरे भीतर तक उतर रही थी। मैं हर तरफ़ से उस गन्ध से घिर गया था, जैसे कोई पानी के भीतर की गहराई में चारों ओर पानी से घिरता है।

यह कितना रोमांचकारी था। कितना अजब। वे ज़िन्दा थे। बिल्कुल जीवित।

वे दूसरे खिलौनों की तरह नहीं थे। वे साँस ले रहे थे। उनके शरीर धीरे-धीरे काँप रहे थे। और जहाँ वे ले आये गये थे, वहाँ की हर चीज़ को वे चौंकते हुए, आश्चर्य और उत्सुकता के साथ चुपचाप देख रहे थे।

''उन्हें भूख लगी है।'' सेमलिया ने कहा, ''अभी वे इतने छोटे हैं कि दूब या साग-भाजी नहीं खायेंगे।''

''तो?'' मैं चिन्तित था।

''अभी तो पाँच-सात रोज़ उन्हें दूध पिलाना। फाहे से। फिर वे बड़े हो जायेंगे तो अपने आप पत्तियाँ खाने लगेंगे।''

"फिर?"

"फिर तुम्हारे साथ ये खेलेंगे। फिर तो इन्हें अपने कन्धे पर बिठाकर घूमना।"

"ये तू क्या ले आया, जमदूत!" बुआ ने सेमलिया को तुलसी और अदरक की चाय देते हुए कहा। वे सेमलिया को हमेशा यही कहती थीं, 'जमदूत!'

"नन्हे को घर में बाँधने के लिए जंगल से दो खूँटे ले आया हूँ। अब ये कभी खाना-पीना, किताब-कापी छोड़कर ढोर-डाँगर के साथ जंगल-पतेरा नहीं फिरेंगे।" सेमलिया हँसते हुए चाय सुड़कता रहा।

उस रात बारह-एक बज गये होंगे, मेरी आँखों में नींद के कहीं लक्षण नहीं थे। नींद अगर आती भी तो उसे मैं हरगिज़ न आने देता।

जंगली ख़रग़ोश के वे दोनों बच्चे हर पल मेरे भीतर अपने प्रति एक नयी उत्सुकता जगाते। हर पल कोई-न-कोई उनकी एक नयी हरकत होती। हर बार वे कुछ नया करते। लालटेन के धुँधले उजाले में उन्होंने अपना एक बिल्कुल अलग संसार बना डाला था और उनके साथ, उस संसार में मैं भी था।

वे इधर-उधर निरुद्देश्य रेंगते, फिर वापस अपनी पुरानी जगह को खोजते हुए उस ओर लौटते। कई बार अपने नन्हे-से कोमल शरीर को सिकोड़कर वे कूदने या छलाँग लगाने की कोशिश करते और हर बार आँगन की ज़मीन पर रुई के ढेले की तरह असफल लुढ़क जाते। अभी गति या छलाँग को सँभाल पाने की ताक़त उनकी नन्हीं कमज़ोर देह में नहीं हो पायी थी।

वे वास्तव में बच्चे हैं। मुझसे भी छोटे। यह अनुभव वे हर पल मुझे अपनी हरकतों से कराते। और हर पल उनके प्रति मेरा प्यार और गहरा होता जाता। मैं उनके सामने ख़ुद को बड़ा और समझदार अनुभव करता।

वे एक छोटी-सी हरकत करते और मेरे भीतर उमंग और प्यार की एक नयी विद्युत पैदा हो जाती। वे इतने अच्छे क्यों थे? मैंने उनमें से एक, जो ज़्यादा छोटा और कुछ अधिक चंचल था, उसको अपनी

हथेली में रखकर उठा लिया और अपने होंठों को उसकी नाक पर धीरे से छुआया। लेकिन अम्माँ ने इसे देख लिया और डाँटा, "क्या करते हो? कीड़े चले जायेंगे नाक के भीतर।"

वे कटोरे में थोड़ा-सा गाय का दूध और रुई का फाहा लेकर आयी थीं।

मैंने रुई के फाहे को दूध में डुबाकर उन्हें दूध पिलाना शुरू किया। वे सचमुच भूखे थे। उनकी लगातार हिलती और कुछ-न-कुछ सूँघती-सी नाक के नीचे आख़िर मुँह कहाँ है, यह पता ही न चलता था। लेकिन देखते-ही-देखते रुई के फाहे का दूध वे चूस जाते।

जब वे दूध पीते तो मेरे पूरे शरीर में एक अजीब-सी सिहरन होती। जब अम्माँ मुझे दूध पीते देखती होंगी, तो क्या उनको भी ऐसा ही लगता होगा। मैं सोचता।

मुझे यह भी लगता, जैसे मैं उनकी माँ हूँ।

दोनों में दूध पहले कौन पियेगा, इसके लिए वे एक-दूसरे के शरीर को धक्का भी देते। यह हद थी। वे इतने छोटे थे, लेकिन यहाँ भी एक-दूसरे से होड़ थी। ये नन्हे छौने, जिन्होंने अभी कुछ ही दिन पहले अपनी आँखें खोली होंगी, उनके बीच भी पेट के लिए ऐसा मुक़ाबला शुरू हो गया था।

"ये ठीक बात नहीं। बारी-बारी से दोनों लोग पिएँगे। अच्छे बच्चे लड़ते-झगड़ते नहीं, मिल-जुल के दूध पीते हैं।" मैंने फुसफुसाकर उन्हें समझाया।

बड़े वाले का पेट भर चुका था। उसकी रुचि समाप्त हो चुकी थी और वह अब सुस्त हो चुका था। जबकि छोटा अभी भी फाहे को चूसने में लगा था।

'अरेबा' और 'परेबा'। उस रात यही नाम उन दोनों के मैंने रखे। बड़ा वाला, जो थोड़ा काहिल और सुस्त था, वह अरेबा। और छोटा वाला, फुर्तीला और चंचल—परेबा।

परेबा हमारी भाषा में कबूतर को कहते हैं, लेकिन पालतू, घरेलू या शहरातू कबूतर को नहीं। वो तो बेचारे मामूली कबूतर ही होते हैं।

परेबा तो होता है जंगली। बिल्कुल बेदाग़, अछूता और बनैला। पहाड़ों के ऊपर चट्टानों की संध में बसेरा करता है और दानों की खोज में दुनिया भर भटकता-उड़ता फिरता है।

वह परेबा ही था, जिसका एक कहानी में गिद्ध से मुक़ाबला हुआ था। किसकी नज़र कितनी तेज़ है यानी किसकी आँख कितनी दूर तक देख सकती है। गिद्ध ने सौ मील दूर किसी खेत में मरे हुए एक बैल को देखा, तो परेबा ने उस बैल की लाश से दो हाथ, एक बित्ता, चार अंगुल दूर खेत में गिरे हुए गेहूँ के सात दानों को देख लिया।

सबकी आँखें अपने-अपने पेट में जाने वाली चीज़ों को देख ही लेती हैं। चाहे वे जहाँ और जितनी दूर हों। चाहे बैल जितनी बड़ी हों या राई या तिल जितनी छोटी।

जब ये दोनों, अरेबा और परेबा बड़े हो जायेंगे तो ये भी यहाँ से सौ मील दूर किसी खेत की मेंड़, जंगल के मैदान या किसी आँगन के कोने में उगी दूब को देख लेंगे। और जैसे गिद्ध के पेट में बैल, कबूतर के पेट में गेहूँ का दाना और मेरे पेट में रोटी का कौर जाता है, वैसे ही इनके पेट में दूब जायेगी।

आँखें तो दरअसल पेट की ही होती हैं। भूख ही है, जो सब कुछ देखती है। पेट ही दुनिया को भूख की आँख से देखता हुआ अपना दाना-पानी खोजता है। वह पेट है, जो सबके शरीर को यहाँ-वहाँ दौड़ाता या उड़ाता रहता है।

अचानक ही मैंने ध्यान दिया। अरेबा यानी बड़ा वाला दूध पीकर अघाया हुआ और आलसी बन चुका छौना, लालटेन की रोशनी में बने उस छोटे से संसार से फ़रार था। जबकि छोटा वाला परेबा अभी भी फाहे से दूध पीने में लगा हुआ था। हालाँकि उसकी घूँट भरने की रफ़्तार अब काफ़ी धीमी पड़ चुकी थी।

कहाँ चला गया अरेबा? मैं डर गया। हमारे घर में तीन बिल्लियाँ आती थीं। और एक बिल्ला भी। हम उसे बग्घा कहते थे। वह दिखता भी बाघ जैसा ही था। मोटा, बड़ा, डरावना, घमण्डी, क्रूर और षड्यन्त्रकारी। वह अपने ही बच्चों का गला काटकर उन्हें मार डालता था। कुछ लोग

कहते थे कि बग्घा दरअसल एक वन-बिलाड़ था, जो जंगल से आता था।

अगर बग्घा ने अरेबा को देख लिया तो?

मैं लालटेन लेकर उसे आँगन में खोजने लगा। परेबा को मैंने बाएँ हाथ से अपनी छाती में चिपका रखा था। मैंने पूरे आँगन को छान मारा। तुलसी के चौरे के पास बेले और गेंदे के पौधे उगे हुए थे। वहाँ भी वह नहीं था। रसोई के दरवाज़े के दायीं ओर, जहाँ केवड़ा था और जिसमें साँप आकर रहते थे, वहाँ भी वह नहीं था।

"वो इधर खड़-खड़ कर रहा है।" अम्माँ की आवाज़ आयी। मैंने जाकर देखा। परछी के एक कोने में, जहाँ चावल के बोरे रखे हुए थे और सूपा, दौरी, छलनी, कुरई—वहीं वह चुपचाप पसरा हुआ था। उसकी आँखें नींद में मुँद रही थीं।

"अभी बग्घा देख लेता तो तुम अब तक उसके पेट में पहुँच चुके होते, बच्चू!" मैंने उसकी पीठ को हथेलियों से सहलाया।

"अब तुम भी सोओ और उसे भी सोने दो!" अम्माँ की थकी हुई आवाज़ आयी, "मैंने देखा, उनके लिए यहाँ एक घर बना दिया है।"

मैंने देखा, परछी के कोने में, जहाँ परछी और भण्डार की दीवारों के बीच एक सँकरी-सी जगह छूट गयी थी, वहाँ अरेबा-परेबा के लिए अम्माँ ने एक घर बना डाला था।

तो इसका मतलब यह हुआ कि मैं जब तक आँगन में रुई के फाहे से अरेबा-परेबा को दूध पिलाने में लगा था, अम्माँ इधर अँधेरे में चुपचाप उनका घर बना रही थीं। बिना मुझे बताये।

कितनी अच्छी थीं अम्माँ! ...और क्या वह अरेबा-परेबा की भी माँ बन गयी थीं?

लेकिन अगर ऐसा था तो घर बनाते हुए अम्माँ अरेबा और परेबा के बारे में सोच रही थीं या मेरे बारे में? क्या अम्माँ के अलावा कोई और अपने जीवन में मेरे बारे में इतना कभी सोचेगा?

मैंने देखा, अम्माँ ने पुरानी रज़ाई के टुकड़ों और कई सूती चीथड़ों को उस सँकरी जगह में डाल दिया था। मेरी फटी-पुरानी कमीज़ें भी

उनमें शामिल थीं। अम्माँ ने उस दरार में पीछे की ओर थोड़ी-सी खाली जगह भी छोड़ दी थी, जिससे अरेबा-परेबा रज़ाई और कपड़ों को गीला-गन्दा न करें।

"छुच्छू आये तो उधर जाना, समझे! और गुग्गू भी। नहीं तो अम्माँ बड़ी ज़ोर से पीटेंगी। समझे!" मैंने दोनों को निर्देश देते हुए उन्हें उनके घर में रख दिया।

अम्माँ ने उस संध को बन्द करने के लिए तार की जाली का एक किवाड़ भी बना डाला था। दोनों तरफ़ ठोंकी गयी दो कीलों में वह जाली का टुकड़ा फँसकर उस संध को बाहर से बन्द कर देता था।

अम्माँ ने जब इन कीलों को ठोंका होगा तो आवाज़ क्यों नहीं हुई? शायद मैं उस वक़्त अरेबा को खोजने में लगा था और इतना चिन्तित हो चुका था कि मेरे कान दुनिया की कोई भी आवाज़ सुनना बन्द कर चुके थे।

लेकिन अम्माँ ने तो कोई ढिबरी या दीया भी नहीं ले रखा था। अँधेरे में उन्होंने घर कैसे बनाया? सबसे बड़ी बात कि उन्होंने दीवाल पर कील कैसे ठोंकी? अँधेरे में कील न दिखने पर हथौड़े या पत्थर से अँगूठा कुचल जाता है।

"अब तो बग्घा भी कुछ नहीं कर सकता।" अम्माँ की आवाज़ में निश्चिन्तता और अपनी सफलता की ख़ुशी मिली हुई थी, "चलो तुम भी सोओ! दो बज रहे हैं। सुबह चार बजे तुम्हारे बाबू जी उठ जायेंगे। कल सोमवार है।"

बाबू यानी पिताजी रविवार को उपवास रखते थे और सोमवार को सुबह चार बजे उठकर नहाते और पूजा करते थे। अम्माँ इतनी सुबह उठकर उनके लिए पूरियाँ बनाती थीं। साथ में आलू-परवल की सब्ज़ी या फिर बेसन का मसालेदार मींजा। मींजा को हम शाकाहारी कीमा कहते थे। पूरी के साथ वह बहुत स्वादिष्ट लगता था। इसके अलावा सेवईं या हलुवा, दोनों में से कोई एक मीठी चीज़।

"ख़रग़ोश क्या पूरी खाते हैं, अम्माँ?" मैंने नींद में जाने के ठीक पहले अम्माँ से पूछा।

"जब बड़े हो जायेंगे, तो जो-जो तुम खाओगे, वे भी खायेंगे। लेकिन अभी तो तुम सो जाओ। वे भी सो गये हैं।" अम्माँ ने कहा।

"मैंने उनका नाम रखा है—अरेबा-परेबा।" यह मैं शायद नींद के भीतर से बोला था। मैं आँखें मूँदकर अभी भी चुपचाप अरेबा और परेबा को देख रहा था। मैंने अपनी नींद के भीतर लालटेन की मद्धिम-पीली रोशनी का वही संसार रच लिया था, जिसमें उनके साथ मैं भी मौजूद था। लेकिन यहाँ मैं सो नहीं रहा था, बल्कि उन्हें सोते हुए देख रहा था।

"अरेबा-परेबा!" अम्माँ ने गहरी साँस छोड़ी। वह साँस मेरी नींद के भीतर तक पहुँची। अपने घर में, रज़ाई के टुकड़ों और मेरी फटी-पुरानी कमीज़ पर सोते अरेबा-परेबा के कत्थई-भूरे, नर्म-मुलायम रोएँ अम्माँ की साँस से काँप गये। "बहुत अच्छे नाम हैं!" अम्माँ ने कहा, "माँ... मतलब तुम्हारी नानी पहले गाया करती थीं—

एहंकी से गइन हैं अरेबा-परेबा,
मारिन हैं मोहिनियाँ बान रे!"

अम्माँ नींद के पार से बोल रही थीं और गा रही थीं। मैं अपनी रज़ाई के भीतर एक बहुत गहरी नींद के अँधेरे और कोहरे में धीरे-धीरे डूब रहा था। अरेबा-परेबा की कहानी मुझे अम्माँ ने ही सुनाई थी। वे दोनों शायद ढोला-मारू की कहानी में होते थे और मोहिनी बान चलाया करते थे। क्या वह बान मुझ पर भी उन्होंने चला दिया था?

लेकिन अम्माँ कितनी अच्छी हैं, दुनिया में! यह मैं उस नींद के भीतर भी जान रहा था। यह बात मैं अम्माँ को बोलना भी चाहता था, लेकिन अब मेरी आवाज़ ही पैदा नहीं हो सकती थी। क्योंकि जहाँ से आवाज़ पैदा होती है, वहाँ तो नींद पैदा होकर मेरे मस्तिष्क के भीतर के पूरे आकाश में किसी बादल की तरह फैल गयी थी।

उस रात वह नींद पता नहीं कितनी गहरी थी। सुबह मैं देर से उसमें से जागकर निकल पाया। बाबू नहाकर पूजा कर चुके थे। पूरी, मींजा और सेवईं खा चुके थे। शेविंग कर चुके थे। अपने गाल पर ब्रश से साबुन का झाग बना चुके थे। फट्...फट्...फट...।

जबकि इसके पहले मैं हमेशा बाबू के नहाते वक़्त, गुसलखाने में से आती बाल्टी, लोटे और पानी की आवाज़ से ही जाग जाया करता था या अम्माँ द्वारा कड़ाही के कड़कते हुए घी में गोल-गोल पूरियाँ डालते ही पैदा होने वाली छन्न...छन्न की आवाज़ से। हद से हद देर हुई, तो पिताजी की पूजा की आवाज़ से।

नमामी शमीशां निर्वाण रूपं...विभुं व्यापकम् ब्रह्म वेद स्वरूपं...

मैं रज़ाई हटाकर पलंग पर बैठा ही था कि अम्माँ ने देख लिया।

"आ जाओ! कुल्ला करके जल्दी से आ जाओ। बहुत अच्छा मींजा बना है। आज तुम्हारे बाबू जी सोलह पूरियाँ खा गये।"

मैं अपने पलंग से कूदकर भागा। लेकिन रसोई की तरफ़ नहीं, जिधर से अम्माँ आवाज़ दे रही थीं बल्कि उधर की ओर, जिधर मेरी वह नयी दुनिया थी, जो रात में मेरे सोने के पहले लालटेन की धुँधली-पीली रोशनी में बनी थी। अब लालटेन या ढिबरी की कमज़ोर रोशनी में नहीं, दिन के उजाले में मैं उन्हें देखूँगा। सेमलिया जिन्हें रात में मेरी गोद में डाल गया था।

मैं सीधा दौड़ता हुआ उसी तरफ़ गया। आँगन पार करता हुआ। ओसारे से कूदता और ड्योढ़ी को फलाँगता हुआ। उसी तरफ़, जहाँ अम्माँ ने रात में उनका घर बना दिया था। अम्माँ अभी भी लगातार रसोई से आवाज़ लगा रही थीं।

लेकिन मैं स्तब्ध रह गया। यह एक तेज़ अविश्वसनीय आघात था।

मैंने अपनी आँखें मलीं। दुबारा उन्हें खोलकर देखा। मैंने भण्डार की दीवाल को छूकर देखा। नहीं, यह सपना नहीं था। मैं वास्तव में जाग रहा था।

तो क्या सपना वह था, जो मैंने रात में देखा?

लालटेन की पीली, मद्धिम कमज़ोर रोशनी में कौंधता हुआ सेमलिया का दानेदार, मस्सों से भरा, काला, डरावना चेहरा। और उसमें अपनी ही तरलता में पिघलती, मिचमिची-सी, हँसती हुई दो आँखें।

सेमलिया ने ही रात में दो जंगली खरहे के बच्चों को मेरी गोद में डाला था। मैंने उनकी कोमल, कत्थई-भूरे रोयों से भरी पीठ को छुआ और सहलाया था।

मैंने अपनी उँगलियाँ देखीं।

अम्माँ ने काँसे के कटोरे में गाय का दूध लाकर दिया था। मैंने रुई के फाहे से उन्हें दूध पिलाया था। सेमलिया को बुआ ने तुलसी और अदरक की चाय लाकर दी थी। और कहा था...'जमदूत!' मैंने उनके नाम भी रखे थे...अरेबा और परेबा...!

अम्माँ ने इसी जगह, अँधेरे में ही, उनके लिए एक घर बनाया था। उसमें रज़ाई और मेरी अपनी पुरानी कमीज़ थी। उस घर में अम्माँ ने तार की जाली का एक फाटक भी लगाया था।

जब मैं रात में सो रहा था, तो अम्माँ ने मेरी नींद के पार से नानी का गाना भी सुनाया था :

एहंकी से गइन हैं अरेबा-परेबा
मारिन हैं मोहिनियाँ बान रे...!

लेकिन इस समय ठीक मेरी आँखों के सामने परछी और भण्डार के बीच की वही सँकरी जगह मौजूद थी। बिल्कुल खाली। यहाँ कोई घर नहीं था। कोई घर कभी रहा भी नहीं होगा। उसमें रज़ाई के टुकड़े, चीथड़े और मेरी पुरानी कमीज़ें नहीं थीं।

वहाँ कोई जाली का दरवाज़ा-फाटक नहीं था।

अरेबा-परेबा कहीं नहीं थे। कहीं भी नहीं।

मैंने झुककर, अपनी आँखों को दीवाल के नज़दीक सटाकर देखा। वहाँ कील ठोंकने के निशान ज़रूर दिखाई पड़ रहे थे, लेकिन लगता था, वे बहुत पुराने हैं।

तो अब? मेरे भीतर एक डरावना खालीपन पैदा हुआ। एक भयावह निर्वात। और वह मेरे भीतर से उठता हुआ मेरी चेतना में छाने लगा।

मेरे भीतर मेरा सब कुछ लुट चुका था।

"अम्माँ...ऽ...ऽ...!" मैं अपनी पूरी ताक़त भर चीखा। इतनी सुबह की ठण्ड में मेरा कमज़ोर शरीर काँप रहा था। उसमें कोई ताक़त नहीं बची थी। धूप के आने में अभी देर थी।

"अम्माँ! वे दोनों कहाँ गये?" मैं उत्तेजना, दुख और बदहवासी में दौड़ता हुआ रसोई की ओर गया।

मिट्टी की काली दोहनी में अम्माँ गाय का दूध उबाल रही थीं। चूल्हे की आँच को चुपचाप तापती हुई। पास में ही मींजा की बटलोई और सेवईं का पतीला ढँका हुआ रखा था। पूरियाँ फूल के परात में ढँकी हुई रखी थीं।

"कौन दोनों?" अम्माँ ने मुझे तटस्थता के साथ चुपचाप देखते हुए कहा।

उनकी आँखें इतनी ठण्डी और अजनबी थीं कि मैं भीतर से हिल गया। मुझे विश्वास ही नहीं हो रहा था। अभी कुछ ही पहले, कुछ ही घण्टों पहले की रात में, यही अम्माँ दुनिया में सबसे अच्छी हुआ करती थीं। इतनी जल्दी इन्हें क्या हो गया? सुबह होते ही अम्माँ इतनी ख़राब कैसे हो गयीं?

मैं रो रहा था। मेरे साथ कोई नहीं था। मैं उलझन और असमंजस में था। क्या सचमुच वह सब कुछ सपना था? अगर ऐसा था, तो वह कितना वास्तविक था। लेकिन मेरे सपने के भीतर सेमलिया कैसे आ गया। मैंने इसके पहले तो कभी भी, अपने किसी भी सपने में उसे नहीं देखा था।

लेकिन कहीं भीतर से मुझे यह कमज़ोर-सा भरोसा भी हो रहा था कि वह सब कुछ एक सपना भर नहीं था। उसमें सच्चाई ज़रूर थी। शायद मेरे साथ कोई न कोई षड्यन्त्र हुआ था।

...और इसका सबसे बड़ा प्रमाण था, यहीं इसी जगह, इस रसोई से ही साफ़-साफ़ दिखाई देने वाला, आँगन में पड़ा काँसे का वह कटोरा।

लेकिन कटोरे को तो मैंने कई बार पहले भी आँगन में उस जगह देखा था। अम्माँ अक्सर रात का बचा हुआ बासी दूध, जो सुबह तक फट जाता था, बिल्लियों के लिए रख देती थीं।

लेकिन फिर उस कटोरे के ठीक बगल में पड़ा रुई का वह फाहा! इसी से तो मैंने रात में उन्हें दूध पिलाया था।

कटोरे का बचा हुआ दूध तो रात में बिल्ली पी गयी होगी, लेकिन फाहा तो कोई नहीं खा सकता। मैं एक गहरी दुविधा और उलझन में फँसा हुआ था। मेरे दिमाग़ के भीतर कुछ धागे उलझकर कोई बरम-गाँठ बन गये थे, जिसको मैं सुलझाने में लगा हुआ था।

यह एक कठिन गुत्थी थी।

"मुझे बताओ, वे दोनों कहाँ हैं?" मैं रोते हुए अम्माँ से पूछ रहा था।

मेरा मन हो रहा था, चूल्हे पर चढ़ी हुई दोहनी को मैं उलट दूँ और उसके उबलते हुए झागदार दूध में अपने आपको जला डालूँ। इतना कि मैं मर जाऊँ। थोड़ा-बहुत अम्माँ को भी जला दूँ, लेकिन अम्माँ चुपचाप उठीं। चूल्हे पर रखी दोहनी को अपने आँचल से पकड़ा और उसे लेकर भण्डार की ओर चली गयीं। जाते हुए उन्होंने मेरी ओर देखा तक नहीं।

मैं अकेला छूट गया था। अभी-अभी जो रात बीती, उसमें मेरा एक नया संसार बना था, जो अब मिट चुका था। उसका कोई निशान कहीं बाकी नहीं बचा था। उसके बारे में मुझे कोई कुछ बता भी नहीं रहा था।

एक कोई बुलबुला या गुब्बारा था। बहुत बड़ा। साबुन के घोल का या अरंडी और थूहे के दूध का, जिसके भीतर एक फूँक भर हवा रात में फैल गयी थी। वह अब फूट चुका था। वहाँ अब कुछ भी नहीं था।

...यहाँ बाहर मैं बचा था। अकेला।

उस दिन मैंने कुछ नहीं खाया। पूरियाँ और मींजा भी नहीं, जो मुझे पसन्द थे। जिनके लिए मैं सुबह चार बजे से उठ जाता था और बाबू के नहाने और पूजा कर लेने का इन्तज़ार करता रहता था। सेवईं भी नहीं।

दोपहर भी मैंने कुछ भी खाने से मना कर दिया। मैंने पानी तक नहीं पिया। कोई लाकर देता, तो मैं गिलास दूर आँगन की तरफ़ फेंक देता।

मुझे दुनिया से और कुछ नहीं, बस वही दोनों चाहिए थे। अरेबा और परेबा। उन्हें कहीं छुपा दिया गया था। मेरे अलावा इस घर में बाकी हर कोई जानता था कि वे दोनों कहाँ हैं, लेकिन उनके बारे में मुझे कोई नहीं बता रहा था। सब जानबूझकर ऐसा कर रहे थे।

शायद मेरी पढ़ाई ख़राब होती। शायद मैं स्कूल न जाता। शायद मैं दिन-दिन भर, किताब-कॉपी छोड़कर, उन्हीं दोनों के साथ भटकता रहता। इसलिए। इसीलिए।

सभी ने कोई गुप्त समझौता कर रखा था। सब चुप थे। शायद वे यह सोचते थे कि आख़िरकार भूख से हारकर मैं खाना खा लूँगा। भूख मिट जायेगी तो मैं धीरे-धीरे रात की बात भूल जाऊँगा, लेकिन उनको मेरे बारे में कुछ भी पता नहीं था। मैं खाना और पानी क्या, अपने अरेबा और परेबा के लिए साँस तक लेना छोड़ सकता था।

या फिर शायद वे यह सोच रहे हों कि धीरे-धीरे मुझे यह लगने लगेगा कि वह सब कुछ एक सपना ही था। साबुन और हवा का एक फुग्गा। जिसके भीतर रात में एक फूँक भर हवा भर गयी थी और जो सुबह फूट गया।

लेकिन कितने मूर्ख थे वे। उनकी समझ पर मुझे अफ़सोस होता था। उन्होंने रात की घटना के सारे निशान तो मिटा डाले थे, लेकिन रुई का फाहा और काँसे का कटोरा आँगन से ग़ायब करना भूल गये थे।

फिर उस गन्ध का तो उनको पता ही नहीं था, जो अब तक मेरे कपड़ों में से आ रही थी। जंगली खरहे की अजीब-सी तेज़ गन्ध।

वह गन्ध अब भी मेरी साँस के साथ मेरे भीतर तक उतर रही थी।

मैं अरेबा-परेबा को भूल नहीं सकता था। यह असम्भव था। उनके साथ रात में जो एक नया संसार बना था, वह संसार अब अमर था।

लेकिन मुझे सबसे गहरा धक्का जिस बात से लगा था और जिससे मैं उबर नहीं पा रहा था, वह बात यह थी कि अम्माँ भी उन लोगों के साथ मेरे ख़िलाफ़ षड्यन्त्र में शामिल हो गयी थीं। वे ऐसी तो नहीं थीं। उन लोगों ने अम्माँ को शायद समझा-बुझा लिया होगा। बाबू अम्माँ से कहते भी थे कि तुम बहुत सीधी और मूर्ख हो। तुम दुनिया को नहीं जानतीं।

मेरा मन होता था कि मैं अम्माँ से जाकर कहूँ कि तुम उन दोनों को मुझे लौटा दो। मैं ख़ूब पढूँगा। ख़ूब लिखूँगा। मैं हर रोज़ स्कूल जाऊँगा। जब मुझे बहुत तेज़ बुखार होगा, तब भी। और जब ख़ूब ज़ोरों की बारिश हो रही होगी और ओले गिर रहे होंगे, तब भी।

अम्माँ ने लेकिन इतना बड़ा विश्वासघात मेरे साथ किया था कि उनसे तो कुछ बोलने का मेरा मन ही नहीं कर रहा था। इस समय सबसे ज़्यादा गुस्सा मुझे जिस पर आ रहा था, वह अम्माँ ही थीं। खाना न खाकर, पानी न पीकर, अपने आपको कमरे के भीतर क़ैद करके, गिलास ज़ोरों से फेंककर मैं दरअसल अम्माँ को ही दण्ड दे रहा था। उन्होंने ठीक नहीं किया था मेरे साथ।

मैं अच्छी तरह से जानता था कि अम्माँ ने भी आज न तो पूरियाँ खाई होंगी, न सेवई। उन्होंने दोपहर का खाना भी नहीं खाया होगा। वे बेतरह भूखी होंगी।

यह भी बिल्कुल हो सकता है कि उन्होंने भी आज दिन भर से पानी न पिया हो।

मैंने अपने आपको अपने कमरे में क़ैद कर लिया था।

अगर हर कोई मुझसे चुप है तो मैं भी अब हर किसी से चुप रहूँगा। लो, अब तो ख़ुश रहो। जो तुम कर सकते थे, तुम लोगों ने कर लिया। अब मेरी बारी है।

आख़िरकार जब दोपहर ढल रही थी और धूप का रंग बदल रहा था, तब अम्माँ मेरे कमरे में आयीं। वे चुपचाप मेरे पलंग पर बैठ गयीं और मेरे माथे पर अपनी हथेली रख दी। उन्होंने मेरा सिर सहलाना शुरू किया। उन्होंने एक-एक कर मेरी उँगलियाँ चटखाईं। उन्होंने मेरे पेट पर अपनी दो उँगलियों को आका-डाका चलाते हुए गुदगुदी पैदा करने की कोशिश की। लेकिन मैं तो पत्थर का बन गया था। मेरे शरीर में सचमुच इतना अधिक दुख भर गया था कि उसमें गुदगुदी पैदा ही नहीं हो सकती थी।

मैं उन सब लोगों के लिए मर गया था, जिन्होंने मेरे ख़िलाफ़ षड्यन्त्र किया था।

और उनमें से अम्माँ भी एक थीं।

कुछ देर बाद अम्माँ ने मुझसे बोलना शुरू किया। उनकी आवाज़ में एक अजीब-सी निर्बलता थी। आवाज़ काँप रही थी और कहीं बहुत भीतर से आ रही थी।

''यह ठीक नहीं होगा। अगर मैंने तुम्हें सब कुछ बता दिया, तो भगवान मेरे ऊपर नाराज़ हो जायेंगे। ऐसी बात किसी को बताते नहीं हैं। चाहे वह कोई भी हो।''

कुछ देर अम्माँ चुप रहीं, फिर उन्होंने कहा, ''मैं बता दूँगी तो मेरे ऊपर बहुत बड़ा पाप लगेगा। महापाप। हो सकता है भगवान मुझे इसका दण्ड भी दे दें। लेकिन तुम बहुत ज़िद्दी हो। यह ठीक नहीं है। आगे चलकर तुम बहुत परेशान और दुखी रहोगे। न तो तुम कुछ खा रहे हो, न पी रहे हो। तुम्हें पता है, अगर कोई एक जून का खाना नहीं खाता तो उसकी देह से एक चिड़िया के बराबर मांस कम हो जाता है। तुमने दो जून से नहीं खाया। तुम्हारे शरीर में से दो चिड़ियों के बराबर मांस घट गया है।''

और फिर अम्माँ ने बहुत सख़्ती से मुझे घूरकर कहा, ''लेकिन तुम क़सम खाकर कहो कि ये बात तुम अब और किसी को कभी नहीं बताओगे। चाहे कोई कितना भी डराये या लालच दे।''

मैंने क़सम खाई। उस बात को जानने की व्याकुलता में मेरा शरीर काँप रहा था। एक-एक पल मुझे भारी लग रहा था। मैं अम्माँ के बोलों को लगभग भूल गया था। कहीं अचानक वह अपना निर्णय न बदल दें।

''हुआ रात में यह कि जब तुम सो गये और मैंने नानी वाला गीत गाकर ख़त्म ही किया था कि ऐसी आवाज़ होने लगी, जैसे कोई जीप या कार हमारे आँगन तक आ गयी हो। वह सचमुच की आवाज़ थी।

'इतनी रात गये कौन आ गया?' मैंने सोचा, शायद तुम्हारे बड़े ताऊ अपने ट्रैक्टर से आये होंगे। लेकिन मुझे अचरज ये हो रहा था कि ट्रैक्टर यहाँ आँगन तक कैसे आ गया? हमारे घर के तो दरवाज़े ही ऐसे नहीं हैं कि यहाँ भीतर तक कोई ऐसी चीज़ आ सके।

''मैंने किवाड़ खोलकर देखा...तो क्या बताऊँ! आँगन में इतनी तेज़ रोशनी हो रही थी कि आँख को कुछ दिखाई ही नहीं पड़ता था।

मैं बुरी तरह से डर गयी। एक बात जान लो! वह आवाज़ ट्रैक्टर या जीप-कार जैसी होती हुई भी कुछ अलग ही तरह की आवाज़ थी।

"...और वह रोशनी भी, रोशनी होती हुई भी, बिल्कुल अलग तरह की ही रोशनी थी।

"मैंने सोचा शायद कोई उड़न तश्तरी हमारे आँगन में उतरी है। तभी ओसारे में रखी तिपाई से मेरा पैर टकराया और उसमें रखे पानी का जग और गिलास फ़र्श पर गिर पड़े। ज़ोरों की आवाज़ हुई। और बस! फिर तो जैसे वहाँ भूडोल आ गया।"

मैं माँ की एक-एक बात सुन रहा था। उन्होंने मेरी दाईं हथेली को कसकर अपनी मुट्ठी में जकड़ रखा था।

"जग और गिलास के तिपाई से गिरने की आवाज़ के साथ ही एक बवण्डर जैसा वहाँ उठा और पलक झपकते सब लुप्प हो गया। एकदम ग़ायब। आँगन में कुछ नहीं, बस अँधेरा बचा था।"

अम्माँ बोल रही थीं। उनकी आवाज़ में ऐसा सच था कि उनकी एक-एक बात पर मुझे विश्वास होता जा रहा था।

"मैं सबसे पहले तुम्हारे अरेबा-परेबा को ही देखने गयी। वहाँ कुछ नहीं था। उनका घर भी नहीं था। मैं घबरा गयी और लौटकर आँगन में आयी। और तभी फिर बड़े ज़ोरों की आवाज़ हुई। ऐसा लगा, जैसे आँगन में कोई भारी चीज़ गिरी हो।"

मैं सिहर गया था। अम्माँ कभी झूठ नहीं बोलती थीं। मुझसे बोलने का तो सवाल ही नहीं उठता था।

इसके अलावा सबसे महत्त्वपूर्ण बात यह थी कि इस वक़्त उनके माथे पर तीन झुर्रियाँ बनी हुई थीं। उनकी आँखें भी एक ही जगह ठहरी हुई थीं। मैं जानता था कि ऐसा तब होता था, जब अम्माँ बिल्कुल पूरा सच बोला करती थीं। मुझे उनकी बात पर विश्वास हो गया था। मैंने उनकी हथेली कसकर पकड़ ली।

अम्माँ ने गहरी साँस ली, जैसे उन्हें किसी बड़े संकट से मुक्ति मिली हो।

"बच गयी मैं। अगर उस वक़्त मैं आँगन के दक्षिण की तरफ़

होती तो वे दोनों पत्थर मेरे ऊपर ही गिरते। मैंने जाकर उन पत्थरों को देखा, तो चौंक गयी।''

कुछ देर चुप रहने के बाद अम्माँ ने कहा, ''वे दोनों पत्थर, पत्थर नहीं थे। वे अरेबा-परेबा ही थे। मैंने उन्हें उठाकर घिनौची के नीचे रख दिया है। जाओ ख़ुद देख लो।''

मैं अम्माँ के साथ वहाँ गया। आँगन के दक्षिणी तरफ़, जिधर हमारा गुसलखाना था, उसी तरफ़ घिनौची थी। लकड़ी के दो खम्भों पर टिका हुआ काठ का एक पटरा। हमारे घर भर के पीने के पानी के मटके उसमें रखे जाते थे। एक ताँबे का, बाकी मिट्टी के। उसी के नीचे, अजब आकार के, बेडौल से वे दोनों पत्थर रखे हुए थे।

कत्थई और भूरे रंग के दो पत्थर के ढेले।

मैंने ग़ौर से देखा। वे सचमुच जंगली ख़रग़ोश के छौनों की तरह लग रहे थे। उनकी आँखें थीं। पीठ थी। वे सिमटकर बैठे हुए थे। उन्होंने अपने कान सिकोड़ रखे थे। वे डरे हुए लग रहे थे।

''वे लोग शायद देवताओं के बदमाश लड़के थे। अपनी उड़न तश्तरी में वे रात में घूमने निकले होंगे। लगता है जब तुम रात में, आँगन में, अरेबा-परेबा को दूध पिला रहे थे, तब उन्होंने तुम्हें देख लिया होगा। इसीलिए कहा जाता है कि आधी रात के बाद घर के बाहर नहीं निकलना चाहिए। बाहर पता नहीं किसकी किसकी आँखें अँधेरे में होती हैं।

''कभी-कभी तो रात की चिड़िया, पहरुए या कीड़े-मकोड़े भी देवताओं को धरती की सारी बात बता देते हैं। झींगुरों को तुम कम मत समझो। एक-एक आदमी की दिन भर की सारी बात, वे गा-गाकर सारी रात देवताओं को बताते हैं।

''तुम्हें मालूम है, आदमी के अलावा बाकी हर प्राणी असल में ईश्वर का जासूस होता है। चींटियाँ और मक्खियाँ तक। कुत्ते, बिल्ली, बैल और चमगादड़ तक। जुगनू भी।''

मैं अवाक् होकर उन दोनों पत्थरों को देख रहा था। हाँ, वे

अरेबा-परेबा ही थे। मैं दुख में डूब रहा था। कुछ भी हो, मैंने तो उन्हें अब खो ही डाला।

अम्माँ लगातार बोले जा रही थीं।

"आदमी लोग सोचते हैं, उन्हें कोई नहीं देख रहा। लेकिन ईश्वर के ये जासूस उन्हें हर पल देख रहे होते हैं। छिपकली, चूहे और मच्छर तक...। यहाँ तक कि पेड़-पौधे और घास तक। कई कीड़े-मकोड़े तो ऐसे होते हैं, जिनकी आँख में कैमरे का लैंस लगा होता है। कौन क्या कर रहा है, एक-एक पल की, धरती के एक-एक कोने की, एक-एक इन्सान की जानकारी लगातार भगवान तक पहुँचती रहती है..."

"लेकिन मैंने भगवान का क्या बिगाड़ा था? वे मुझसे मेरे अरेबा-परेबा क्यों छीन ले गये...?" यह मेरा सवाल था।

"भगवान ने नहीं, देवताओं के बदमाश और शरारती बच्चों ने तुम्हारे ख़रग़ोशों को चुराया। भगवान ने जब उन्हें डाँटा होगा, तो उन्होंने उन्हें पत्थर बनाकर नीचे वापस गिरा दिया...!" अम्माँ ने कहा, "अब चलो, थोड़ा-सा खा लो। सुबह की पूरियाँ, मींजा और सेवईं मैंने बचाकर रखी हैं। अगर तुम खाओगे, तो मैं भी खा लूँगी।"

मैं हालाँकि रोता रहा। अरेबा-परेबा को दो पत्थरों के रूप में वापस पाकर भी मेरे भीतर का खालीपन भरा नहीं था। इस आकस्मिक वंचना और देवताओं के बदमाश बच्चों द्वारा किये गये अन्याय की पीड़ा बहुत गहरी थी।

भला उन नन्हे-नन्हे ख़रग़ोश के बच्चों की क्या ग़लती थी, जिन्हें अकारण पत्थर के बेजान, बेडौल ढेलों में बदल दिया गया था। न अब वे साँस ले सकते थे, न भूख लगने पर रुई के फाहे से दूध पी सकते थे। पत्थर बने हुए भीतर से वे कितने बेचैन होंगे। प्यास लगती होगी, तो पत्थर बने वे कितना तड़पते होंगे।

अब तो बड़े होकर हज़ार मील दूर किसी जंगल, खेत की मेंड़ या किसी आँगन में उगी दूब को देख लेने का सपना भी वे नहीं पाल सकते थे।

अम्माँ ने भी, दिन भर के बाद मेरे साथ खाना खाया। वे मुझको बहुत

अच्छी तरह समझती थीं। मेरे भीतर के दुख और खालीपन का उन्हें पूरा-पूरा पता था।

शायद इसीलिए खाना खाने के बाद उन्होंने मेरी ओर बहुत प्यार, करुणा, असहायता और उदासी के साथ देखते हुए कहा :

''लेकिन मुझे पक्की उम्मीद है कि एक-न-एक दिन, जब देवताओं के वे लड़के या कोई दूसरा नेक देवता, इधर हमारे आँगन से होकर गुज़रेगा, तो वह इन दोनों पत्थर के ढेलों को वापस अरेबा-परेबा बनाकर ज़िन्दा कर देगा...! भगवान के इतने दूत और जासूस धरती पर हैं, कोई-न-कोई तो इस अन्याय और तुम्हारे दुख के बारे में उन्हें बतायेगा ही...! मुन्ना, तुम ख़ुश रहना सीखो!''

यह घटना कम-से-कम चालीस-बयालीस साल पहले की है।

मैं कई-कई बार घण्टों, घिनौची के नीचे रखे पत्थर के उन दोनों ढेलों को घूरता रहता। देवताओं से मन-ही-मन प्रार्थना करता हुआ कि वे उन्हें जंगली ख़रग़ोश के बच्चों में वापस बदल दें।

कई-कई बार मुझे भ्रम होने लगता कि वे दोनों भूरे-कत्थई ढेले धीरे-धीरे हिल-डुल रहे हैं। मैं उनके निकट जाकर उन्हें टकटकी बाँधकर घूरता। मुझे बिल्कुल लगता कि वे साँस ले रहे हैं। उनका पत्थर का शरीर धीरे-धीरे काँप रहा है।

एक बार तो मुझे पूरा यक़ीन हो गया कि उनमें से बड़ा वाला अरेबा, जो ज़्यादा सुस्त और काहिल था, वह सचमुच ज़िन्दा हो रहा है। मैं भागता हुआ गया और कटोरे में थोड़ा-सा गाय का दूध लाकर उसके मुँह से लगा दिया।

आप विश्वास करें, पत्थर का अरेबा, कटोरे का सारा दूध पी गया। उसके दुबारा जीवित हो जाने की ख़ुशी और उत्तेजना में मेरे आँसू निकलने लगे।

लेकिन मेरी बहुत प्रतीक्षा और गिड़गिड़ाने के बावजूद अरेबा वैसा-का-वैसा ही रहा। शायद दूध पीने से उसका पेट भर गया था

और वापस मेरी दुनिया में लौटने के बारे में उसकी रुचि समाप्त हो चुकी थी। वह पत्थर बना ही ख़ुश था।

इस घटना के चार-पाँच साल बाद अम्माँ मर गयी थीं। उन्हें कैंसर हो गया था। उनकी श्वासनली गल गयी थी और अन्त में वे बोल नहीं पाती थीं।

कई-कई बार एक गहरा अपराधबोध मुझे होने लगता है। कहीं मेरी ज़िद और गुस्से से हारकर अम्माँ ने उस रात की जो बात मुझे बता दी और जिसका पाप उन्होंने अपने ऊपर सिर्फ़ इस कारण ले लिया कि मैं खाना नहीं खा रहा था और मेरे शरीर से दो चिड़ियों के बराबर मांस कम हो गया था, कहीं देवताओं ने उसी का दण्ड तो उन्हें नहीं दे दिया। देवता कोई आदमी तो होते नहीं कि उनके भीतर कोई दया-माया हो।

मैं हूँ ही ऐसा। अपनी ज़िद और अपने गुस्से में मैं अन्धा हो जाता हूँ।

लेकिन उन देवताओं को भी तो स्वर्ग में रहने का कोई हक नहीं है, जो ख़रग़ोश के नन्हे-कोमल छौनों को इस तरह पत्थर के ढेले में बदल देते हैं। और किसी माँ को एक छोटी-सी बात बता देने पर उसकी साँस लेने वाली नली गला देते हैं।

कितना अभागा हूँ मैं। मैंने सेमलिया के दिये हुए जंगली ख़रग़ोश के दोनों बच्चों, अरेबा-परेबा को ही नहीं, अपनी माँ को भी खो डाला, जो दुनिया में सबसे अच्छी थी।

अब मैं बूढ़ा हो रहा हूँ, लेकिन हमारे गाँव के घर के आँगन में अम्माँ के रखे हुए वे दोनों पत्थर अभी भी मौजूद हैं।

मैं अब तब की तरह छह-सात साल का नहीं हूँ। अब यह मैं अच्छी तरह से जानता हूँ कि उस रात वास्तव में क्या हुआ होगा।

दरअसल, परछी और भण्डार की दीवार की संध में अम्माँ का बनाया घर उतना सुरक्षित कभी नहीं था। तार की जाली का दरवाज़ा जो इधर-उधर की दीवाल पर, अँधेरे में किसी तरह ठोंकी गयी दो कीलों पर टिका था, वह एक मामूली झटके में गिर जाने वाला था। कीलों समेत।

उस रात जब मैं सो गया था और अम्माँ अपनी माँ यानी नानी का गीत गा रही थीं, उसी वक़्त वह बनैला, हिंसक और आवारा वन-बिलाड़, जिसे हम बग्घा कहते थे और जो अपने ही बच्चों का गला काट डालता था, वहाँ आया होगा।

उसे ख़रग़ोश के छौनों के नर्म, भूरे-कत्थई रोयों से उठती गन्ध मिल गयी होगी।

हो सकता है वह तभी से अँधेरे में घात लगाए बैठा रहा हो, जब मैं उन दोनों को रुई के फाहे से दूध पिला रहा था।

उसकी आहट से चौंककर अम्माँ किसी तरह अँधेरे में रास्ता टटोलते हुए वहाँ तक पहुँची होंगी, क्योंकि रात में मिट्टी का तेल बचाने के लिए वे हमेशा लालटेन बुझा देती थीं। तब तक बग्घा ने अरेबा-परेबा को काट डाला होगा।

वे थे भी कितने छोटे। और कोमल। कत्थई-भूरी रुई की दो नन्हीं गठरियों की तरह।

जैसा मैं था, अम्माँ यह अच्छी तरह जानती थीं कि मैं उस हादसे को सह नहीं पाऊँगा। उन्होंने सबसे ज़्यादा अपने आपको अपराधी माना होगा। उन्होंने सोचा होगा कि अगर वे लालटेन ले लेतीं और रोशनी में कीलें ठोंकी होतीं, तो तार की जाली का फाटक इतना कमज़ोर न होता। दरअसल कीलें दीवारों में धँसी ही नहीं थीं, इसीलिए सुबह जब मैंने देखा तो उनके निशान मुझे नहीं दिखे थे। निश्चित ही वे इस हादसे के लिए अपने आपको ज़िम्मेदार मानती रही होंगी। अम्माँ ने इसीलिए उस रात वह सब किया, जो मैं अपने अनुमान के आधार पर आज चालीस-बयालीस साल बाद आपको बता रहा हूँ।

अम्माँ उस रात वहाँ पहुँचकर स्तब्ध रह गयी होंगी। अपनी समझ से उन्होंने अरेबा-परेबा के लिए हर तरह से एक सुरक्षित और अभेद्य घर बनाया था।

फिर उन्होंने अरेबा-परेबा के मृत शरीरों को उठाया होगा और उन्हें घर के पिछवाड़े, जिधर नदी बहती है, वहाँ कहीं गड्ढा खोदकर उन्हें

दबाया होगा। गड्ढा खोदने के लिए उन्हें भण्डार घर में रखा सब्बल, उस अँधेरे में खोजकर निकालना पड़ा होगा। क्योंकि तेल बचाने के लिए लालटेन वे ख़ुद सोने के पहले बुझा देती थीं।

इसके बाद उन्होंने घर के पिछवाड़े ही कहीं, अरेबा-परेबा के घर में डाले गये रज़ाई के टुकड़ों और मेरी पुरानी कमीज़ को जलाया होगा। अगर मैं उस दिन ज़िद और गुस्से में भरकर अपने आपको कमरे में बन्द न कर लेता, बल्कि अरेबा-परेबा की खोज में बाहर निकल जाता, तो उन कपड़ों के जलने का सबूत मैं वहाँ पा सकता था। मैं दावे के साथ कह सकता हूँ कि वहाँ कहीं-न-कहीं राख ज़रूर रही होगी।

इसके बाद अम्माँ ने धीरे-धीरे अरेबा-परेबा के होने के सारे निशानों को मिटाया होगा। उन्हें यह पूरा भरोसा रहा होगा कि अगली सुबह वे मेरे भीतर यह भ्रम पैदा करने में सफल हो जायेंगी कि वह सब कुछ पिछली रात का एक सपना था और कुछ नहीं।

जैसा मैं था, उन्हें भरोसा रहा होगा कि वे मुझे इस भ्रम या दुविधा में डालने में कामयाब हो जायेंगी कि मैंने वह सब कुछ नींद में ही देखा था और उसे सच समझ बैठा था।

लेकिन अम्माँ आँगन से काँसे का कटोरा और रुई का फाहा हटाना भूल गयीं। यही सबसे बड़ी चूक उस रात उनसे हुई। और उन्हें उस गन्ध का पता ही नहीं था, जो अरेबा-परेबा के कारण ख़ुद मेरे शरीर और कपड़ों से उठने लगी थी।

...और फिर दूसरे दिन, मेरे लगातार रोते रहने और खाना-पीना छोड़ देने पर, पूरी दोपहर वे नदी की कछार में दूर-दूर तक भटकती रही होंगी।

वहीं उन्होंने ख़ूब सोच-समझकर एक कहानी गढ़ी होगी। ...और वहाँ उन्होंने दो ऐसे पत्थरों को अन्ततः खोज निकाला होगा, जो जंगली ख़रग़ोश के बच्चों जैसे हों। माँ ने उन दोनों पत्थर के ढेलों को आँगन के दक्षिणी तरफ़, घिनौची के नीचे लाकर रखा होगा।

इस पूरे दौरान वे अपने भीतर-भीतर वह कहानी बुनती रही होंगी। वे अच्छी तरह से जानती थीं कि मैं उनसे बहुत प्यार करता था और

अगर दुनिया में किसी पर सबसे ज़्यादा विश्वास करता था, तो वह ख़ुद थीं। अम्माँ।

इसके बाद वे मेरे कमरे में आयी होंगी और मुझे वह कहानी सुनाई होगी।

लेकिन यह तथ्य आप बिल्कुल मत भूलिए, और मैं भी इसे कभी, बहुत सारी कोशिशों के बावजूद नहीं भूल पाता कि इतना सब करते हुए अम्माँ लगातार भूखी और प्यासी थीं।

वे रात भर सो भी नहीं सकी थीं, क्योंकि सुबह उठते ही उन्हें बाबू के व्रत के निवारण के लिए पूरियाँ, बेसन का स्वादिष्ट मींजा और गाढ़े दूध की सेवईं बनानी थीं।

और इतना सब करने के बावजूद वे अब तक इसलिए भूखी थीं कि मैं भूखा था।

अम्माँ अब नहीं हैं, लेकिन उनके लाये गये दोनों पत्थर अब भी हमारे आँगन में मौजूद हैं। और यह सच है कि कहानी लिखना मैंने किसी और से नहीं, अम्माँ से ही सीखा है। लेकिन हमेशा की तरह अब मैं आप सबको वह घटना बता रहा हूँ, जिसके बिना कोई भी कहानी कभी पूरी नहीं होती। एक ऐसी घटना, जिस पर मुझे स्वयं भी आश्चर्य होता है।

यह घटना सन् 2001 की मई के महीने की है।

उस रात मैं अपने घर के आँगन में अपनी खाट पर लेटा हुआ था। घर के सारे लोग सो चुके थे। ऊपर आकाश ख़ूब गहरा, स्याह-नीला और बिल्कुल निरभ्र था। बिल्कुल साफ़। सृष्टि के पहले, स्वच्छ, नवजात आकाश की तरह।

...और असंख्य नक्षत्र, ग्रह और उपग्रह उस आकाश के समूचे विस्तार में अनगिनत तारों की तरह दूर-दूर तक टिमटिमा रहे थे।

ऐसा आकाश आप शहर के लोगों के पास नहीं होता।

सम्भवतः चतुर्दशी का चन्द्रमा था। लगभग पूरा होता हुआ। उसका ठण्डा, शान्त, पीला और महीन उजाला हर तरफ़ फैल रहा था।

हमारा आँगन चन्द्रमा की उस पीतल के रवे जैसी हल्दिया धूल से ढँक गया था।

और तभी मैंने देखा।

मैंने अपनी आँखें मलीं। मैं जाग रहा था।

मैंने साफ़-साफ़ देखा, घिनौची के नीचे रखे वे दोनों पत्थर हिलने-डुलने लगे।

फिर मैंने देखा, वे दोनों पत्थर के ढेले आँगन में यहाँ-वहाँ उगी दूब के बीच पहले रेंगने, और फिर कुछ पलों बाद दौड़ने लगे।

निश्चित ही वे दोनों अरेबा-परेबा ही थे।

उन्हें देवताओं ने वापस जीवित कर दिया था। वे आँगन में खेल रहे थे। निर्भय। कत्थई-भूरी रुई की दो नन्हीं-नन्हीं गठरियाँ।

...और उनके रोयों से उठने वाली वह अजब चिरायध जंगली गन्ध। वह गन्ध चारों ओर फैल रही थी। समूचे आँगन में, चन्द्रमा के शीतल उजाले में घुलकर मेरी साँस के साथ मेरे भीतर तक उतरती हुई।

मैं डर गया। कहीं बग्घा आ गया तो?

अब तो अम्माँ भी नहीं हैं, जो उन दोनों छौनों की हत्या के बाद उनकी जगह पर पत्थर रख दें। और अब तो बग्घों की संख्या भी बहुत ज़्यादा हो चुकी है। वे अकेले नहीं, अब तो झुण्ड और गिरोहों में रहते हैं। मैंने उन्हें बड़ी-बड़ी इमारतों के भीतर, कुर्सियों पर भी बैठे देखा है। संसार का हर कोमल, पवित्र, निष्कवच और सुन्दर जीवन इस समय गहरे ख़तरे के बीच है।

आप ग़ौर से देखें, हमारे समय की हर दीवार पर ख़ून के छींटे हैं।

आप स्वयं बताइए, क्या मेरे डर का कोई आधार नहीं है?

आप यह भी बताइए कि क्या आप इसी तरह चुप देखते रहेंगे और बग्घे वारदात करते रहेंगे?

□□